LETTRES À LA JEUNESSE

Paru dans la collection « Lettres à »

LETTRES À LA FRANCE

Lettres à la jeunesse

De Socrate à Delphine de Vigan

TEXTES RÉUNIS ET PRÉSENTÉS PAR
VINCENT DUCLERT

LE LIVRE DE POCHE

Enseignant-chercheur à l'École des hautes études en sciences sociales (Centre d'études sociologiques et politiques Raymond-Aron), Vincent Duclert est spécialiste d'histoire politique de la France et de l'Europe. Il est l'auteur, récemment, du volume de l'histoire de France (Belin) sur la période 1870-1914 (*La République imaginée*, 2012 ; rééd. 2014), de *Réinventer la République. Une constitution morale* (Armand Colin, coll. « Le temps des idées », 2013) et de *La France face au génocide des Arméniens, du milieu du XIXe siècle à nos jours. Une nation impériale et le devoir d'humanité* (Fayard, 2015). Vincent Duclert a réuni un corpus sur la *République, ses valeurs, son école* (Paris, Gallimard, coll. « Folio », 2015).

Couverture : Studio LGF.

© Librairie Générale Française, 2016.
ISBN : 978-2-253-18626-7 – 1re publication LGF

INTRODUCTION

L'idéal et le réel

Le 14 novembre 1897, Émile Zola, déjà engagé depuis près d'un mois dans la défense du capitaine Dreyfus victime de la raison d'État et de la vindicte des foules, publie une nouvelle brochure à laquelle il donne un titre frappant, « Lettre à la jeunesse ». L'écrivain s'alarme de ces étudiants de Paris, gagnés par l'ivresse de la nation et le culte du moi, qui s'acharnent par l'injure publique et les manifestations de rue sur la personne d'un Juif innocent, sur sa famille et sur les rares dreyfusards à s'être déclarés. Il supplie ces jeunes gens de revenir à leur idée de la justice, de renouer avec la tradition des combats anciens de la « jeunesse des écoles » se dressant devant la tyrannie. Qu'elle puisse ainsi faire le sacrifice de la liberté et de la justice, qu'elle renonce aux idéaux qui font la noblesse de son âge révèlent pour Zola l'ampleur de la crise morale qui ébranle la France. « Je le demande, où trouvera-t-on la claire intuition des choses, la sensation instinctive de ce qui est vrai, de ce qui est juste, si ce n'est dans ces âmes neuves, dans ces jeunes gens qui naissent à la vie publique dont rien encore ne devrait obscurcir la raison droite et bonne[1] ? »

---

1. Paris, librairie Eugène Fasquelle. Cf. *infra*, p. 49-53.

Ces appels à la jeunesse et à son sens de l'idéal se poursuivent au début du siècle. Quand Jean Jaurès, dont le « Discours à la jeunesse » de 1903 est l'un des plus fameux, rend hommage à son ami Francis de Pressensé, il en appelle à la conscience des étudiants venus l'écouter, en cette journée du 22 janvier 1914 à l'Hôtel des sociétés savantes à Paris. La guerre générale menace désormais l'Europe. Les nationalismes se dressent les uns contre les autres. Les hommes de bonne volonté doivent s'unir contre le désastre programmé parce que l'avenir doit conserver le visage de l'humanité, parce que le monde ne peut pas vivre sans idéal et que la jeunesse en est la plus porteuse. C'est le sens de l'appel de Jaurès, lui aussi philosophe combattant. Un hymne à la jeunesse et à son devoir de justice résonne à la fin de son hommage pour l'ami disparu. « Je demande à tous ceux qui prennent au sérieux la vie, si brève même pour eux, qui nous est donnée à tous, je leur demande : Qu'allez-vous faire de vos vingt ans ? Qu'allez-vous faire de vos cœurs ? Qu'allez-vous faire de vos cerveaux ? […] Il n'y a d'action que dans le parti de la justice ; il n'y a de pensée qu'en lui[1]. »

Ces appels au courage et à l'engagement de la jeunesse sont entendus. Découvrant celui du philosophe Lucien Herr dans l'affaire Dreyfus, le jeune philosophe Élie Halévy interroge son ami Célestin Bouglé, depuis Cambridge, le 5 février 1898 : « As-tu lu, dans le numéro de *La Revue blanche*, un article vigoureux sur

---

1. « Discours en hommage à Francis de Pressensé », Paris, 22 janvier 1914, *Bulletin de la Ligue des droits de l'homme*, 1er février 1914, rééd. in Jean Jaurès, *La République*, édité par Vincent Duclert, Toulouse, Privat, 2015, p. 257.

la situation ? Il faut lire cela et le faire lire, d'autant que je le crois écrit par un maître de la jeunesse, lui-même jeune[1]. » De son côté, le jeune Charles Péguy, « étudiant près la Faculté des lettres », adresse son salut et sa solidarité à Émile Zola, et avec lui tous « les hommes de métier, les ouvriers manuels et intellectuels, en particulier les universitaires, qui ont quitté leurs travaux ordinaires pour travailler à l'entier recouvrement de la justice[2] ».

Charles Péguy s'engage à corps perdu dans l'Affaire. Son combat le changera à jamais. C'est l'événement fondateur auquel l'âge adulte et même le monde doivent demeurer fidèles. Il écrira en 1910 *Notre jeunesse* pour le dire et pour conserver « la mystique » ensevelie sous la politique quotidienne, sous les petits et grands renoncements.

*

L'engagement de la jeunesse dans l'affaire Dreyfus nous rappelle qu'elle se veut l'âge de l'idéal, de la transgression des interdits, de la révolte et du courage sans limite. Ces qualités qui effraient autant qu'elles fascinent sont exprimées par les jeunes eux-mêmes dans de nombreux écrits dits de jeunesse dont beaucoup ne franchissent pas le seuil de la postérité. Mais lorsqu'ils y parviennent, ce sont des chefs-d'œuvre. La jeunesse des poètes et des artistes est indissociable de la créa-

---

1. Citée in Élie Halévy, *Correspondance (1893-1937)*, préface de François Furet, Paris, Bernard de Fallois, 1996, p. 220.
2. « Lettre du 21 janvier 1898 », citée in Charles Péguy, *Œuvres en prose complètes*, Paris, Gallimard, coll. « Bibliothèque de la Pléiade », 1987, p. 45.

tion romantique et des grandes espérances qui naissent au milieu de leur génération. Et si ce ne sont pas des œuvres, du moins des lettres, des messages peuvent témoigner d'une inspiration à l'absolu, d'un défi à la mort, d'une passion de vivre qui peut aller jusqu'à en mourir. Cette passion se nourrit de la rencontre de l'amitié, de la découverte de l'amour.

Les textes réunis dans ce livre en portent témoignage. L'écriture ne fait que traduire ces expériences et leur profondeur pour ceux ou celles qui les vivent. Elle imagine de les protéger du temps et de la déchéance, de leur conserver une forme d'évidence. C'est la révélation du souvenir des rencontres amoureuses, celle de Gilberte et des jeunes filles en fleurs qui emmena Marcel Proust à décider de la recherche du temps perdu et de l'écriture du temps retrouvé. Âgé, déclinant, le narrateur rencontre Mlle de Saint-Loup, fille de Gilberte et de son ami Saint-Loup. « Je la trouvais bien belle : belle encore d'espérances, riante, formée des années mêmes que j'avais perdues, elle ressemblait à ma jeunesse. » Et voici qu'il comprend « la vie comme digne d'être vécue. Combien me le semblait-elle davantage, maintenant qu'elle me semblait pouvoir être éclaircie, elle qu'on vit dans les ténèbres, ramenée au vrai de ce qu'elle était, elle qu'on fausse sans cesse, en somme réalisée dans un livre ![1] »

La jeunesse est un âge qui dure ainsi toute la vie, sous des formes inattendues. Elle s'exprime parfois dans des livres, dans des écrits qui parlent de fidélité et d'engagement. La jeunesse confère toute son importance à de brèves expériences, à des rencontres fulgu-

---

1. Marcel Proust, *Le Temps retrouvé*, Paris, Gallimard, coll. « Folio », p. 423.

rantes qui décident d'un destin et de grands livres. On songe bien sûr au *Grand Meaulnes* d'Alain-Fournier contemporain de *La Recherche du temps perdu*. Plus proche, *La Traversée des frontières* de l'historien Jean-Pierre Vernant confie les raisons qui l'ont poussé simplement à agir, à combattre Vichy dès l'été 1940. Il évoque les bandes de copains, l'amour de l'autre sexe, les auberges de jeunesse, un sentiment de liberté auxquels la « révolution nationale » a choisi de mettre fin. Il n'oublie pas l'expérience de l'autre, de son altérité, source d'émancipation, origine des refus les plus définitifs des politiques xénophobes et des égoïsmes nationaux. En 1932, très jeune, il a fait la connaissance aux vacances d'été de tout un groupe de jeunes Russes, garçons et filles, enfants d'immigrés. « Unie et diverse, cette bande à laquelle je me joins m'est proche et le restera à la fois par tout ce qu'elle partage en commun avec moi et par ce qu'elle m'apporte de différent, d'insolite dans ses façons d'être, ses manières de vivre, de penser, de s'exprimer[1]. »

Les temps de la jeunesse traversent comme des météores les mémoires, inspirant des pages souvent justes tant le souvenir se fait limpide, parfois heureux, souvent douloureux. Beaucoup des vies adultes se jugent à l'aune des promesses anciennes, scellées dans les premiers temps de la vie. Les rappeler peut être une occasion de les racheter, ou du moins de révéler que le secret des existences tient parfois dans ce temps singulier, entre l'enfance encore séparée de la vie sociale et de l'histoire du monde, et la vie adulte pénétrée de responsabilités, de mensonges et de pouvoirs. La littérature, la

---

1. Jean-Pierre Vernant, *Entre mythe et politique*, 1927, Paris, Seuil, coll. « La librairie du XXIe siècle », 1996, p. 13-14.

poésie, le théâtre excellent plus particulièrement dans la représentation de la jeunesse comme une vertu et une épreuve sans équivalent. La jeunesse est réputée aussi vouloir remettre en cause l'ordre établi, pas seulement les normes sociales, religieuses, politiques, mais aussi les codes familiaux, affectifs, sexuels, vestimentaires… et la bonne conscience qui s'y attache. « Famille, je vous hais ! Foyers clos ; portes refermées ; possession jalouse du bonheur[1] », proclame André Gide dans *Les Nourritures terrestres*. L'écrivain a vingt-huit ans.

La liberté que revendique la jeunesse, les combats qu'elle se donne le sont souvent pour bien plus qu'elle-même. Les jeunes résistants et résistantes pendant la Seconde Guerre mondiale ont vu plus tôt et plus vite que leurs aînés ce qu'allait signifier de négation des valeurs humaines la victoire du nazisme et de leurs alliés. Sacrifiant leur innocence et bien souvent leur vie, ils donnèrent des exemples aux nations tout entières.

« Dominique Corti, toi sur qui l'avenir comptait tant, tu n'as pas craint de mettre le feu à ta vie… Nous errerons longtemps autour de ton exemple. Il faut revenir. "J'adresse mon salut à tous les hommes libres", t'es-tu écrié. Il faut revenir. Tout est à recommencer[2]. » Ainsi s'achève le poème que René Char composa pour la mémoire d'un jeune étudiant membre du réseau « Marco-Polo », arrêté le 2 mai 1944, détenu à Fresnes, déporté à Buchenwald, à Ellrich, disparu à jamais. « Son père José Corti, et son admirable mère ne pourront désormais que

---

1. André Gide, *Les Nourritures terrestres*, Paris, Gallimard, p. 67.
2. René Char, « Dominique Corti », in *Recherche de la base et du sommet*, *Œuvres complètes*, Paris, Gallimard, coll. « Bibliothèque de la Pléiade », 1995, p. 648.

tendre leurs mains vers la nuit où leur fils est enfermé », dit encore le poète, « capitaine Alexandre » dans la Résistance. « Le dernier train de déportés parti de France a emporté dans ses wagons l'un des meilleurs fils du vieux pays disloqué... »

L'affirmation de la liberté n'attend pas le nombre des années. Dans le film *Mustang*, ce splendide long-métrage réalisé en 2015 par la jeune cinéaste turque Deniz Gamze Ergüven révèle la conjuration des adultes pour venir à bout du désir de vie et d'émancipation partagé par cinq sœurs orphelines. Celles-ci s'appliquent à bousculer un ordre social étouffant, révélant ses failles et ses absurdités, s'acharnant sur d'autres parias promis à la même violence. Sur le chemin de la liberté, les deux sœurs qui parviennent à s'échapper trouvent l'aide d'un jeune chauffeur-livreur qu'un patron traite de « tarlouze ». Il les conduira vers la route d'Istanbul, vers la liberté, vers la rencontre avec leur ancienne professeure de collège dont elles n'ont jamais perdu le souvenir lumineux dans les ténèbres.

Nombre des « lettres à la jeunesse » réunies ici parlent de ces combats au jour et dans la nuit pour exister. Pour être reconnu. Pour avoir droit de cité et de parole. La littérature se porte souvent vers cette tension qui définit la jeunesse contrainte d'affronter le réel afin d'y entrer et d'y faire entrer ces rêves. Ce sont les demi-espoirs qu'évoque la romancière Pınar Selek, compatriote de Deniz Gamze Ergüven, dans *La Maison du Bosphore*, ces rêves qui éclairent toute une vie[1]. L'oubli de sa propre jeunesse est une perte de soi. Albus Dumbledore, le directeur de l'école des sorciers de Poudlard imaginée par J. K. Rowling, le reconnaît :

---
1. Cf. *infra*, p. 138-140.

« La jeunesse ne peut savoir ce que pense et ressent le vieil âge. Mais les hommes âgés deviennent coupables s'ils oublient ce que signifiait être jeune[1]. »

*

Pour autant, la jeunesse parle d'un âge de souffrance et d'humiliation. Précisément parce que le réel s'emploie à briser ses horizons. Alors le combat pour l'émancipation et pour faire entendre cette difficulté d'exister devient plus essentiel encore. « J'avais vingt ans. Je ne laisserai personne dire que c'est le plus bel âge de la vie[2] », écrit Paul Nizan en 1932, avec son style fulgurant, en tête de son premier roman, *Aden Arabie*. Comme le relève son ami Jean-Paul Sartre dans la réédition de 1960, peut-être l'affirmation la plus importante est-elle l'ultime défi d'une jeunesse mutilée : ne laisser personne parler à sa place...

La jeunesse de Nizan, c'était le souvenir écrasant de la guerre mondiale. La jeunesse y a payé le prix le plus lourd. Les lettres de jeunes soldats à leur famille, à leur femme, à leur fiancé, disent toute la détresse des êtres devant une mort qu'ils n'ont pas voulue, pour une guerre qu'ils n'ont pas choisie, au milieu des corps broyés et des animaux agonisants. « Tu ne peux savoir, ma mère aimée, ce que l'homme peut faire contre l'homme, confie Eugène-Emmanuel Lemercier à sa mère le 22 février 1915. Voici cinq jours que mes sou-

---

1. *Harry Potter et l'ordre du phénix*, Paris, Gallimard, 2003.
2. « Tout menace de ruine un jeune homme : l'amour, les idées, la perte de sa famille, l'entrée parmi les grandes personnes. Il est dur à apprendre sa partie dans le monde. » Paul Nizan, *Aden Arabie*, 1931, rééd., Paris, La Découverte, coll. « Voix », 1960, p. 53.

liers sont gras de cervelles humaines, que j'écrase des thorax, que je rencontre des entrailles. Les hommes mangent le peu qu'ils ont, accotés à des cadavres. Le régiment a été héroïque : nous n'avons plus d'officiers[1]. » Le traumatisme de l'épreuve combattante s'est propagé de génération en génération. La crise de la conscience européenne a trouvé ses racines dans la destruction d'une génération, de plusieurs générations. L'historien Stéphane Audoin-Rouzeau le montre en 2013 dans *Quelle histoire*[2], un poignant et juste « récit de filiation ».

Face à la révolte de la jeunesse, des pouvoirs et des idéologies s'appliquent à l'éduquer par la violence, à la rééduquer si besoin, à lui interdire de vivre son âge. Le régime de Vichy a généralisé cette volonté de dressage. Les discours à la jeunesse du maréchal Pétain rappellent cette tentation permanente de soumettre la jeunesse au conservatisme le plus étouffant de la société[3]. Les « vingt ans » sont les plus exposés à la violence sociale et politique, parce qu'ils commandent l'avenir. Certes, en certains cas, leur révolte est payante comme en Mai 68 en France. Mais, dans bien des situations, l'écrasement est implacable. La répression des manifestations de la place Tiananmen à Pékin en juin 1989, celle de l'occupation du jardin de Gezi à Istanbul en juin 2013, ou bien l'anéantissement de la jeunesse syrienne qui déclencha, par ses actes de protestations, la révolte contre la tyrannie de Damas.

---

1. *Lettres d'un soldat*, Paris, Chapelot, 1916, p. 135.
2. Stéphane Audoin-Rouzeau, *Quelle histoire. Un récit de filiation (1914-2014)*, Paris, EHESS-Gallimard-Le Seuil, coll. « Hautes études », 2013. Cf. *infra*, p. 66-68.
3. Cf. *infra*, p. 81-84.

« C'est avec des graffitis d'adolescents que le soulèvement avait débuté en mars 2011. Ce sont des jeunes des deux sexes qui ont retransmis sur Internet les manifestations que l'appareil répressif mitraillait pour transformer cette révolution en confrontation armée. C'est encore eux qui entretiennent la résistance, "casques blancs" se dévouant pour enterrer les morts, emporter les blessés, aider les familles à subsister dans les poches assiégées où l'assistance humanitaire ne pénètre quasiment pas[1] », rappelle Emmanuel Wallon, dans une tribune publiée le 28 janvier 2016. Ce professeur de sociologie politique veut attirer l'attention sur le calvaire d'une jeunesse qui ne renonce pas et qui, pour cette raison, est la cible des pires atrocités et de la conjonction des forces en présence. Si l'Europe n'aide pas la jeunesse syrienne, elle condamne tout avenir en Syrie et l'idée même de l'avenir dans le monde.

La mort des jeunes est toujours une tragédie parce qu'elle entraîne avec elle l'avenir de sociétés, parce qu'elle révèle que rien n'a été fait pour conjurer d'une telle fin. Les mots tentent de dire cette compréhension et la profondeur du deuil. Malik Oussekine à Paris, terrassé par la violence policière lors des manifestations de la jeunesse étudiante contre la réforme dite Devaquet en 1986, survit dans les poèmes et les chansons des artistes, comme celles d'Akli D, chanteur kabyle d'Algérie. Les jeunes, majoritaires parmi les victimes des attentats du Bataclan, de la Belle Équipe, du Carillon, ne cessent de s'exprimer. Un autre chanteur dit au lendemain du 13 novembre sa certitude que « notre jeunesse lucide et combative fera perdurer

---

1. Emmanuel Wallon, « Le martyre de la jeunesse syrienne doit cesser », *Le Monde*, 28 janvier 2016.

par-delà les obscurantismes [la] « France libre, fraternelle et éternellement insoumise aux diktats de la bien-pensance[1] ».

De New York à Istanbul, du Caire à Paris, les mouvements de démocratie de la place publique démontrent que les jeunesses du monde revendiquent, pour celles du moins qui peuvent se faire entendre, de dessiner les visages du futur et refuser la répétition des mêmes soumissions. Si l'écrasement n'est pas toujours au rendez-vous des manifestations de liberté, si la gravité des existences peut faire place à l'insouciance des jours et des nuits, il n'en reste pas moins que la jeunesse parle et qu'on ne l'écoute pas. Ses paroles, celles qui témoignent du quotidien des intégrations difficiles ou des solitudes qu'on découvre trop tard, ne sont pas à prendre à la légère.

Le réel de la jeunesse, s'il est parfois moins sanglant, demeure difficile par l'indifférence qu'on oppose à son existence au quotidien, à ses difficultés matérielles et morales, à sa solitude que les beautés de la jeunesse dorée ne peuvent faire oublier. Les mots des jeunes filles, doublement rejetées comme jeunes et comme femmes, n'en sont que plus décisifs encore pour comprendre la force des idéaux combattant l'enfermement du réel. Flora Tristan, Sylvia Plath, Simone de Beauvoir, Benoîte Groult, accompagnées de tant d'autres témoignent des efforts supplémentaires auxquels a consentis la jeunesse féminine pour être reconnues. Sociologues et historiens de la jeunesse[2] montrent quel

---

1. Pierre Perret, « Ma France à moi », 20 novembre 2016, http://pierreperret.fr/actualites/communique/ma-france-moi/
2. Voir les travaux de Cécile Van de Velde, Ludivine Bantigny, Ivan Jablonka, Louis Maurin, Michel Fize, Fabien Truong, etc.

avenir décourageant les sociétés développées imposent à leurs jeunes classes d'âge. Ces situations d'échec et d'humiliation redoublent avec la question sociale, mais aussi culturelle, ethnique, raciale. De Stéphane Beaud (*Pays de malheur !*) à Ta-Hehisi Coates (*Une colère noire*), se répète le constat de profondes inégalités dans les chances accordées aux jeunes pour repousser les lois du déterminisme et du matérialisme, et devenir les acteurs de leur propre existence.

Les adultes ne pourront pas être libres si les jeunes ne le sont pas. Une citation extraite des *Grands Cimetières sous la lune* de 1938 nous le rappelle : « quand la jeunesse se refroidit, le reste du monde claque des dents ». Souvent reproduit, ce propos s'éclaire de l'engagement même de son auteur. S'adressant à ses jeunes lecteurs, Georges Bernanos leur assure que son livre est celui d'un « homme libre ». De fait, découvrant la terreur franquiste à Majorque, il a, contre son camp catholique et nationaliste, dénoncé cette violence faite à la liberté des hommes. Il a acquis le droit de parler à la jeunesse. Les pédagogues ne doivent pas oublier ce devoir d'exemplarité.

Temps des jeunes, monde de leur vie, lieu de rencontres, fabrique des espoirs et des inégalités, l'école est intimement liée à l'histoire de la jeunesse et à son avenir. Elle s'ouvre vers elle après l'avoir souvent niée et tenté de la dresser. L'école apprend la jeunesse comme celle-ci apprend l'école. La conquête de la liberté, l'expérience de l'autorité, quand elles deviennent possibles, transforment le réel et changent les destins. « L'expérience de presse lycéenne comme presse de quartier, ça a été un moment fondateur dans ma vie d'adolescente et de jeune adulte », confie une lycéenne qui participa dans les années 1990 à l'aventure de *Bruits de couloir*, le journal du lycée de Jehan de Chelles[1]. Elle a compris que les livres, les mots et les idées devaient circuler. Elle en a fait son métier. Les jeunes de Chanteloup l'ont compris également, composant aujourd'hui des chansons sur la France, sur la jeunesse, jouant des mots et des verbes pour dire leur choix de participer dès maintenant à la vie collective, celles des quartiers, de la ville, du pays.

Si le propre de la jeunesse est l'émancipation, elle ne peut se séparer de son ardente volonté de parler au monde, de dire la liberté qu'elle recherche pour mieux l'imaginer et la conquérir. C'est le sens des « lettres à la jeunesse » que voici.

---

1. Cf. entretien avec Sophie Kucoyanis, http://clemi.fr/fr/tv/journalistes_lyceens_que_devenez_vous/

Socrate,
« Discours sur les jeunes »

Restitué par Platon, le dernier discours du philosophe d'Athènes, Socrate (469-399 av. J.-C.) délivré à son procès, est une réponse aux accusations de corruption de la jeunesse proférées par ses juges.

Voilà donc contre les accusations de mes premiers accusateurs : cette défense doit vous suffire. C'est maintenant contre Mélétos, l'honnête homme, le défenseur de la cité, comme il dit, et contre mes accusateurs récents, que je vais après cela tenter de me défendre. Cette fois encore, bien sûr, comme s'il s'agissait d'une seconde espèce d'accusateurs, prenons à son tour le texte de leur plainte. Il s'énonce à peu près de la sorte : « Socrate est coupable devant la justice de corrompre la jeunesse et de ne pas croire aux dieux qu'honore la cité, mais de croire en d'autres choses, des affaires de démons d'un nouveau genre. » Telle est donc la plainte, et cette plainte, interrogeons-la point par point.

Ainsi donc, ce texte déclare que je suis coupable de corrompre la jeunesse. Mais moi, Athéniens, je déclare que c'est Mélétos qui est coupable, parce que de choses sérieuses il fait un sujet d'amusement, traînant à la légère les gens en justice, contrefaisant le zèle et l'intérêt pour des affaires dont il ne s'est jamais mêlé en rien. Qu'il en soit bien ainsi, je vais essayer de vous le démontrer.

Viens ici, Mélétos, et réponds : n'est-ce pas que tu tiens beaucoup à ce que nos jeunes gens soient les meilleurs possibles ? — J'y tiens, oui. — Alors va, dis à ces messieurs qui les rend meilleurs. Car il est évident que tu le sais, puisque tu te mêles de cela. Tu as découvert celui qui les corrompt, à ce que tu prétends ; et c'est moi que tu fais comparaître et que tu accuses devant ces messieurs : alors, celui qui les rend meilleurs, va, parle, indique-leur qui est cet homme.

Vois-tu, Mélétos, comme tu te tais et ne sais que dire ? Et pourtant, est-ce que tu ne trouves pas cela honteux, et n'est-ce pas à ton avis une preuve suffisance de ce que je dis, à savoir que tu ne t'es jamais mêlé de la question ? Allons, parle, mon bon, qui les rend meilleurs ? — Les lois. — Ce n'est pas cela que je te demande, excellent Mélétos, mais quel est l'homme qui les rend meilleurs, un homme qui pour commencer connaît aussi, comme tu dis, les lois. — Tu les as devant toi, Socrate : les juges. — Comment dis-tu, Mélétos ? Ces messieurs sont capables d'éduquer les jeunes gens et de les rendre meilleurs ? — Tout à fait. — Veux-tu dire absolument tous, ou bien certains d'entre eux, en excluant les autres ? — Absolument tous. — Par Héra, tu parles à merveille, et nous voilà abondamment servis en gens utiles. Mais que veux-tu dire ? Ceux-ci, les auditeurs, rendent-ils les jeunes gens meilleurs ou non ? Ces gens-là aussi, oui. — Et les membres du Conseil, alors ? — Les membres du Conseil aussi. — Mais alors, Mélétos, est-ce que ce sont donc, je le crains, les citoyens réunis dans l'Assemblée, les ecclésiastes, qui corrompent la jeunesse ? Ou bien eux aussi rendent-ils la jeunesse meilleure, tous ensemble ? — Eux aussi.

— Ce sont donc, à ce qu'il semble, tous les Athéniens qui les rendent beaux et bons, sauf moi ? Et moi je suis le seul à les corrompre ? Est-ce cela que tu dis ? — Oui, c'est exactement ce que je dis.

C'est une grande malchance en tout cas dont me voilà déclaré coupable. Mais réponds-moi : penses-tu qu'il en aille ainsi pour les chevaux également ? Est-ce que pour toi ceux qui les rendent meilleurs, c'est l'ensemble des hommes, quand un seul homme les corrompt ? Ou bien tout au contraire de cela est-ce un seul homme qui est capable de les rendre meilleurs, ou encore un tout petit nombre, à savoir les spécialistes du cheval ? Alors que la plupart des gens, s'il leur arrive d'avoir affaire aux chevaux et de les prendre en main, les gâtent ? N'en est-il pas ainsi, Mélétos, aussi bien pour les chevaux que pour tous les autres animaux ? Tout à fait, certainement, que toi et Anytos en soyez d'accord ou pas. Car ce serait un grand bonheur pour les jeunes gens si c'était vrai qu'un seul les corrompe et que tous les autres leur soient utiles. Mais en réalité, Mélétos, tu démontres suffisamment que tu ne t'es jamais inquiété des jeunes gens, et tu révèles bien clairement le peu de souci que tu as d'eux, puisque ce pour quoi tu me fais comparaître t'est complètement indifférent.

Platon, *Apologie de Socrate*, traduction, commentaire et notes de Renée et Bernard Piettre, Le Livre de Poche, « Classiques de la philosophie », 2009, p. 83-86.

Louise Labé,
« Épître dédicatoire à Clémence de Bourges »,
1555

Poétesse de la Renaissance, Louise Labé (1524-1556) s'adresse à une jeune écrivaine (née en 1530) de la noblesse du Dauphiné, devenue sa protectrice. Elle lui dédie cette épître aux femmes et à leur liberté.

À Mademoiselle Clémence de Bourges Lionnaise,

Étant le temps venu, Mademoiselle, que les sévères lois des hommes n'empêchent plus les femmes de s'appliquer aux sciences et disciplines : il me semble que celles qui [en] on la commodité, doivent employer cette honnête liberté que notre sexe a autrefois tant désirée, à icelles apprendre : et montrer aux hommes le tort qu'ils nous faisaient en nous privant du bien et de l'honneur qui nous en pouvaient venir : et si quelqu'une parvient en tel degré, que de pouvoir mettre ses conceptions par écrit, le faire songeusement et non dédaigner la gloire, et s'en parer plutôt que de chaînes, anneaux et somptueux habits : lesquels ne pouvons vraiment estimer nôtres, que par usage. Mais l'honneur que la science nous procurera, sera entièrement nôtre : et ne nous pourra être ôté, ne par finesse de larron, ne force d'ennemis, ne longueur du temps. Si j'eusse été tant favorisée des Cieux, que d'avoir l'esprit grand assez pour comprendre ce dont il a eu envie, je servirais en cet endroit plus d'exemple que d'amonition. Mais ayant passé partie de ma jeunesse à l'exercice de la Musique, et ce qui m'a resté de temps l'ayant trouvé court pour la rudesse de mon entendement, et ne pouvant de moi-même satisfaire au bon vouloir que je porte à notre sexe, de le voir non en beauté seulement, mais en science et vertu passer ou égaler les hommes : je ne puis faire autre chose que prier les vertueuses Dames d'élever un peu leurs esprits par-dessus leurs quenouilles et fuseaux, et s'employer à faire entendre au monde que si nous ne sommes faites pour commander, si ne devons-nous être dédaignées pour compagnes tant ès affaires domestiques que publiques, de ceux qui gouvernent et se font obéir. Et outre la réputation que notre sexe en recevra, nous aurons valu au public, que les hommes mettront plus de peine et d'étude aux sciences vertueuses, de peur qu'ils n'aient honte de voir [les] précéder celles, desquelles ils ont prétendu être toujours supérieurs quasi en tout.

Pour ce, nous faut-il animer l'une l'autre à si louable entreprise : de laquelle ne devez éloigner ni épargner votre esprit, jà de plusieurs et diverses grâces accompagné : ni votre jeunesse, et autres faveurs de fortune, pour acquérir cet honneur que les lettres et sciences ont accoutumé porter aux personnes qui les suivent. S'il y a quelque chose recommandable après la gloire et l'honneur, le plaisir que l'étude des lettres a accoutumé donner nous y doit chacune inciter : qui est autre que les autres récréations : desquelles quand on en a pris tant que l'on veut, on ne se peut vanter d'autre chose, que d'avoir passé le temps. Mais celle de l'étude laisse un contentement de soi, qui nous demeure plus longuement : car le passé nous réjouit, et sert plus que le présent : mais les plaisirs des sentiments se perdent incontinent et ne reviennent jamais, et en est quelquefois la mémoire autant fâcheuse, comme les actes ont été délectables. Davantage les autres voluptés sont telles, que quelque souvenir qui en vienne, si ne nous peut-il remettre en telle disposition que nous étions : et, quelque imagination forte que nous imprimions en la tête, si connaissons-nous bien que ce n'est qu'une ombre du passé qui nous abuse et trompe. Mais quand il advient que nous mettons par écrit nos conceptions, combien que puis après notre cerveau courre par une infinité d'affaires et incessamment remue, si est-ce que, longtemps après reprenant nos écrits, nous revenons au même point, à la même disposition où nous étions. Lors nous redouble notre aise, car nous retrouvons le plaisir passé qu'avons eu ou en la matière dont écrivions, ou en l'intelligence des sciences où lors étions adonnés. Et outre ce, le jugement que font nos secondes conceptions des premières, nous rend un singulier contentement. Ces deux biens qui proviennent d'écrire vous y doivent inciter, étant assurée que le premier ne faudra d'accompagner vos écrits, comme il fait tous vos autres actes et façons de vivre. Le second sera en vous de le prendre, ou ne l'avoir point : ainsi que ce dont vous écrirez vous contentera. Quant à moi tant en écrivant premièrement ces jeunesses que en les revoyant depuis, je n'y cherchais autre chose qu'un honnête passe-temps et moyen de fuir oisiveté : et n'avais point intention que personne que moi les dût jamais voir. Mais depuis que quelqu'uns de mes amis ont trouvé moyen de les lire sans que j'en susse rien, et que (ainsi comme aisément nous croyons ceux qui nous louent) ils m'ont fait à croire que les devais mettre en lumière : je ne les ai osé éconduire, les menaçant cependant de leur faire boire la moitié de la honte qui en proviendrait. Et pour ce que les femmes ne se montrent volontiers en public seules, je vous ai choisie pour me servir de guide, vous dédiant ce petit œuvre, que ne vous envoie à autre fin que pour vous acertener du bon vouloir lequel de long temps je vous porte, et vous inciter et faire venir envie en voyant ce mien œuvre rude et mal bâti, d'en mettre en lumière un autre qui soit mieux limé et de meilleure grâce.

Dieu vous maintienne en santé.
De Lyon, ce 24 juillet 1555
Votre humble amie, Louise Labé

Louise Labé, *Œuvres poétiques*,
édition de Françoise Charpentier, Paris,
Gallimard, coll. « Poésie/Gallimard », 2006, p. 93-95.

Pierre de Ronsard,
« La jeunesse », 1587

« Prince des poètes et poète des princes », Pierre de Ronsard (1524-1585) évoque la jeunesse dans l'un de ses derniers poèmes. Il incarne tout le renouveau littéraire que porte le temps de la Renaissance.

Qui voudra voir dedans une jeunesse
La beauté jointe avec la chasteté,
L'humble douceur, la grave majesté,
Toutes vertus, et toute gentillesse ;

Qui voudra voir les yeux d'une Déesse,
Et de nos ans la seule nouveauté,
Et cette Dame œillade la beauté,
Que le vulgaire appelle ma maîtresse.

Il apprendra comme Amour rit et mord,
Comme il guérit, comme il donne la mort,
Puis il dira, quelle étrange nouvelle !

Du ciel la terre empruntait sa beauté,
La terre au ciel a maintenant ôtée,
La beauté même, ayant chose si belle.

Pierre de Ronsard, *Les Amours*,
édition d'Albert-Marie Schmidt, préface et notes
de Françoise Joukovsky, Paris, Gallimard,
coll. « Poésie/Gallimard », 1974, p. 54.

Condorcet,
« Quand tu liras ces lignes », 1794

Traqué par le tribunal révolutionnaire, condamné à l'errance dans la clandestinité, Nicolas de Caritat, marquis de Condorcet (1743-1794), s'adresse par ces mots à sa fille Sophie, née en 1790. « Laisse germer dans ton cœur de douces affections pour les personnes que les événements, les habitudes de la vie, tes goûts, tes occupations, rapprocheront de toi », lui confie-t-il au milieu des périls. Sa lettre est le dernier texte qu'il rédige avant son arrestation à Clamart le 27 mars 1794 et sa mort en prison deux jours plus tard. Disparaît l'un des plus grands philosophes des Lumières, à l'avant-garde de la révolution des droits et des idées, penseur de l'école et de l'éducation, opposant implacable de la terreur et de la violence. Ses cendres ont été transférées au Panthéon, à l'occasion du bicentenaire de la Révolution française, le 12 décembre 1989.

Mon enfant, si mes caresses, si mes soins ont pu, dans ta première enfance, te consoler quelquefois, si ton cœur en a gardé le souvenir, puissent ces conseils, dictés par ma tendresse, être reçus de toi avec une douce confiance, et contribuer à ton bonheur !

I.

Dans quelque situation que tu sois quand tu liras ces lignes, que je trace loin de toi, indifférent à ma destinée, mais occupé de la tienne et de celle de ta mère, songe que rien ne t'en garantit la durée.

Prends l'habitude du travail, non seulement pour te suffire à toi-même sans un service étranger, mais pour que ce travail puisse pourvoir à tes besoins, et que tu puisses être réduite à la pauvreté, sans l'être à la dépendance.

Quand même cette ressource ne te deviendrait jamais nécessaire, elle te servira du moins à te préserver de la crainte, à soutenir ton courage, à te faire envisager d'un œil plus ferme les revers de fortune qui pourraient te menacer.

Tu sentiras que tu peux absolument te passer de richesses, tu les estimeras moins : tu seras plus à l'abri des malheurs auxquels on s'expose pour en acquérir ou par la crainte de les perdre.

Choisis un genre de travail où la main ne soit pas occupée seule, où l'esprit s'exerce sans trop de fatigue ; un travail qui dédommage de ce qu'il coûte par le plaisir qu'il procure : sans cela, le dégoût qu'il te causerait, si jamais il te devenait nécessaire, te le rendrait presque aussi insupportable que la dépendance. S'il ne t'en affranchissait que pour te livrer à l'ennui, peut-être n'aurais-tu pas le courage d'embrasser une ressource qui, pour prix de l'indépendance, ne t'offrirait que le malheur.

II.

Pour les personnes dont le travail nécessaire ne remplit pas tous les moments, et dont l'esprit a quelque activité, le besoin d'être réveillées par des sensations ou des idées nouvelles devient un des plus impérieux. Si tu ne peux exister seule, si tu as besoin des autres pour échapper à l'ennui, tu te trouveras nécessairement soumise à leurs goûts, à leurs volontés, au hasard, qui peut éloigner de toi ces moyens de remplir le vide de ton temps, puisqu'ils ne dépendent pas de toi-même.

Ils s'épuisent aisément, semblables aux joujoux de ton enfance, qui perdaient au bout de quelques jours le pouvoir de t'amuser.

Bientôt, à force d'en changer, et par l'habitude seule de les voir se succéder, on n'en trouve plus qui aient le charme de la nouveauté, et cette nouveauté même cesse d'être un plaisir.

Rien n'est donc plus nécessaire à ton bonheur que de t'assurer des moyens dépendants de toi seule pour remplir le vide du temps, écarter l'ennui, calmer les inquiétudes, te distraire d'un sentiment pénible.

Ces moyens, l'exercice des arts, le travail de l'esprit, peuvent seuls te les donner. Songe de bonne heure à en acquérir l'habitude.

Si tu n'as point porté les arts à un certain degré de perfection, si ton esprit ne s'est point formé, étendu, fortifié par des études méthodiques, tu compterais en vain sur ces ressources : la fatigue, le dégoût de ta propre médiocrité, l'emporteraient bientôt sur le plaisir.

Emploie donc une partie de ta jeunesse à t'assurer pour ta vie entière ce trésor précieux. La tendresse de ta mère, sa raison supérieure, sauront t'en rendre l'acquisition plus facile. Aie le courage de surmonter les difficultés, les dégoûts momentanés, les petites répugnances qu'elle ne pourra t'éviter.

« Le bonheur est un bien que nous vend la nature,
Il n'est point ici-bas de moissons sans culture. »

Jean-Antoine-Nicolas de Caritat, marquis de Condorcet,
Avis d'un père proscrit à sa fille [1794], 1812.

Victor Hugo,
« Mes lettres d'amour, de vertu, de jeunesse »,
1830

Précoce écrivain et poète, Victor Hugo (1802-1885) rédige Les Feuilles d'automne *alors que son œuvre est déjà considérable. Il n'est déjà plus dans sa prime jeunesse, mais le souvenir de celle-ci ne l'a pas quitté et s'exprime dans ses nombreux poèmes.*

Ô mes lettres d'amour, de vertu, de jeunesse,
C'est donc vous ! Je m'enivre encore à votre ivresse ;
Je vous lis à genoux.
Souffrez que pour un jour je reprenne votre âge !
Laissez-moi me cacher, moi, l'heureux et le sage,
Pour pleurer avec vous !

J'avais donc dix-huit ans ! j'étais donc plein de songes !
L'espérance en chantant me berçait de mensonges.
Un astre m'avait lui !
J'étais un dieu pour toi qu'en mon cœur seul je nomme !
J'étais donc cet enfant, hélas ! devant qui l'homme
Rougit presque aujourd'hui !

Ô temps de rêverie, et de force, et de grâce !
Attendre tous les soirs une robe qui passe !
Baiser un gant jeté !
Vouloir tout de la vie, amour, puissance et gloire !

Être pur, être fier, être sublime et croire
À toute pureté !

À présent j'ai senti, j'ai vu, je sais. — Qu'importe
Si moins d'illusions viennent ouvrir ma porte
Qui gémit en tournant !
Oh ! que cet âge ardent, qui me semblait si sombre,
À côté du bonheur qui m'abrite à son ombre,
Rayonne maintenant !

Que vous ai-je donc fait, ô mes jeunes années !
Pour m'avoir fui si vite et vous être éloignées
Me croyant satisfait ?
Hélas ! pour revenir m'apparaître si belles,
Quand vous ne pouvez plus me prendre sur vos ailes,
Que vous ai-je donc fait ?

Oh ! quand ce doux passé, quand cet âge sans tache,
Avec sa robe blanche où notre amour s'attache,
Revient dans nos chemins,
On s'y suspend, et puis que de larmes amères
Sur les lambeaux flétris de vos jeunes chimères
Qui vous restent aux mains !

Oublions ! oublions ! Quand la jeunesse est morte,
Laissons-nous emporter par le vent qui l'emporte
À l'horizon obscur.
Rien ne reste de nous ; notre œuvre est un problème.
L'homme, fantôme errant, passe sans laisser même
Son ombre sur le mur !

Mai 1830

Victor Hugo, *Les Feuilles d'automne*, présentation,
notes et dossier de Franck Laurent, Paris,
Le Livre de Poche, 2000, p. 303-304.

Charles Baudelaire,
« Ceux qui ont abusé de leurs droits », 1833

Jeune élève au collège royal de Lyon, Charles Baudelaire (1821-1867) évoque dans une lettre à son frère la violence qui règne dans les pensionnats. Il deviendra par la suite un artiste majeur du XIXe *siècle français : écrivain, poète, photographe, traducteur. Se tenant auprès des réprouvés et des exploités, Charles Baudelaire ne désertera jamais le terrain de la justice sociale.*

[Lyon, 25 mars 1833].

Mon frère,
Grande rumeur au collège. Un maître a frappé un élève jusqu'à lui donner des maux de poitrine. Il est extrêmement malade et ne peut se lever. Je te vais tout raconter. Cet élève, au bout d'une demi-heure d'étude ne comprenant pas son devoir, avait fait passer des billets pour le savoir. Le pion l'ayant découvert lui dit des sottises selon son ordinaire. L'autre fit encore passer un billet pour lequel fut donnée une roulée à laquelle l'élève riposta quelques coups de pied. Le pion voulant terminer cette lutte d'un seul coup lui donne un coup de pied dans les reins. Le tambour bat pour le souper. L'élève se met à son rang ordinaire, le pion le fait passer à la queue en lui disant qu'il n'était pas digne d'aller

avec les autres. En revenant du souper il le met dans le charbonnier pour la même raison. De temps en temps il venait le claquer ; l'élève avait les reins en déconfiture, il ne pouvait lui résister. On se couche. Deux jours après, sortie. Je rentre le soir et l'on m'apprend que cet élève est à l'infirmerie, ne pouvant plus se soutenir et qu'il est tombé en défaillance dans les rangs. L'infirmière est résolue à tout faire pour qu'il s'en aille, mais ce n'est pas encore sûr comme il est bien coco auprès du proviseur.

Nous lui avons fait un tel charivari dans la cour que le proviseur l'a entendu de son appartement. Alors ce pion riait de ce qu'on faisait pour lui, mais il riait jaune. Je suis dans les mutins. Je ne veux pas être de ces lèche-cul qui craignent de déplaire aux pions.

Vengeance sur ceux qui ont abusé de leurs droits. C'était une inscription des barricades de Paris. S'il ne s'en va pas, nous faisons mettre un article sur *Le Courrier de Lyon*.

Adieu. Bonsoir. Bien des choses de la part de papa, de maman de moi pour tout le monde et pour toi particulièrement.

Le mutin cadet,
Charles

Les lettres que tu m'as écrites étant chez maman, j'ai encore oublié ton numéro.

Charles Baudelaire, *Lettres inédites aux siens*,
Paris, Grasset, « Les Cahiers rouges », 2010, p. 52-53.

Charles Dickens,
Les Grandes Espérances, 1861

Charles Dickens (1812-1870) est l'un des grands écrivains britanniques du XIXe siècle, témoin de la misère et de l'injustice enfouies dans la société victorienne, intellectuel engagé dans la défense du droit des enfants, de l'éducation pour tous et de la condition des femmes. Les Grandes Espérances, *son treizième roman, raconte la vie tumultueuse d'un orphelin, Philip Pirrip dit Pip, qui en est le narrateur.*

C'est une chose bien misérable que d'avoir honte de la maison, et sans doute cette noire ingratitude est-elle punie comme elle le mérite ; mais ce que je puis certifier, c'est que rien n'est plus misérable.

La maison n'avait jamais eu de grands charmes pour moi, à cause du caractère de ma sœur, mais Joe l'avait sanctifiée à mes yeux, et j'avais cru en cette demeure. J'avais considéré notre salon des grands jours comme une salle d'apparat ; j'avais vu dans la porte d'entrée le mystérieux portail d'un temple officiel, dont l'ouverture solennelle s'accompagnait d'un sacrifice de volailles rôties ; j'avais cru en la cuisine comme en un lieu chaste, si ce n'est magnifique, et j'avais cru dans la forge comme en une voie flamboyante qui devait me conduire à la virilité et à l'indépendance. En moins d'une année, tout cela avait changé. Tout me paraissait maintenant commun et vulgaire, et pour aucun empire je n'aurais voulu la montrer à miss Havisham et Estella.

Cette ingratitude d'esprit était-elle de ma faute ? Était-ce la faute de miss Havisham ? Était-ce la faute de ma sœur ? Peu importe, en définitive. Le changement s'était opéré en moi, c'en était fait ; bon ou mauvais, avec ou sans excuse, c'était un fait.

Dans le temps, il m'avait semblé qu'une fois dans la forge, en qualité d'apprenti de Joe, avec mes manches de chemise retroussées, je serais distingué et heureux. J'avais enfin alors atteint ce but tant désiré, et tout ce que je sentais, c'est que j'étais noirci par la poussière de petit charbon, et que j'avais la mémoire chargée d'un poids tellement pesant qu'auprès de lui, l'enclume n'était qu'une plume. Il m'est arrivé plus tard dans ma vie (comme j'imagine dans la plupart des existences) des moments où j'ai cru sentir un épais rideau tomber sur tout ce qui en faisait l'intérêt et le charme, pour ne me laisser que la vue de mes ennuis et de mes tracas : mais jamais ce rideau n'est tombé si lourd ni si épais que lorsque j'entrevis mon existence toute tracée devant moi dans la nouvelle voie où j'entrais comme apprenti de Joe.

Je me souviens qu'à une époque plus reculée de mon « temps » j'avais coutume d'aller le dimanche soir m'asseoir dans le cimetière à la tombée de la nuit. Là, je comparais ma propre perspective à celle des marais battus par les vents que j'avais sous les yeux et je trouvais de l'analogie entre elles en pensant combien elles étaient plates et basses toutes les deux, et combien toutes deux se caractérisaient par des chemins inconnus, un sombre brouillard, et puis la mer. J'étais du reste aussi découragé le premier jour de mon apprentissage que je le fus par la suite ; mais je suis heureux de penser que jamais je n'ai murmuré une plainte à l'oreille de Joe pendant tout le temps que dura mon engagement. C'est même à peu près la seule chose dont je puisse vraiment m'enorgueillir et dont je sois aise de me souvenir.

Car, bien que compris dans ce que je vais ajouter, tout le mérite de ce que je m'en vais ajouter revient à Joe. Ce n'est pas parce que j'étais loyal, mais bien parce que Joe l'était, que je ne me suis pas sauvé pour me faire soldat ou matelot. Ce n'est pas parce que j'avais un grand sens de la vertu du travail, mais parce que Joe avait un grand sens de la vertu du travail que je travaillais à contrecœur avec un zèle correct. Il est impossible de savoir jusqu'à quel point peut s'étendre dans le monde l'heureuse influence d'un quelconque homme aimable, honnête et consciencieux, mais il est très facile de reconnaître combien on a été soi-même influencé par son contact, et je sais parfaitement que toute la joie que j'ai goûtée pendant mon apprentissage venait du simple contentement de Joe et non pas de mes aspirations inquiètes et mécontentes.

Qui peut dire ce que je voulais ? Puis-je le dire moi-même, puisque je ne l'ai jamais bien su ? Ce que je redoutais, c'était d'apercevoir, à une heure fatale, en levant les yeux, Estella me regarder par la fenêtre de la forge au moment où j'étais le plus noir et où je paraissais le plus commun. J'étais hanté par la crainte qu'un jour ou l'autre elle me découvrît, les mains et le visage noircis, en train de faire ma besogne la plus grossière, et qu'elle me mépriserait triomphalement. Souvent, le soir, quand je tirais le soufflet de la forge pour Joe et que nous entonnions la chanson du *vieux Clem*, le souvenir de la manière dont je la chantais avec miss Havisham me montait l'imagination, et je croyais voir dans le feu la belle figure d'Estella, ses jolis cheveux flottant au gré du vent, et ses yeux me regarder avec dédain. Souvent, dans de tels instants, je me mettais à contempler ces panneaux de nuit noire que les croisées de bois découpaient alors sur la muraille, et il me semblait la voir retirer vivement sa tête, et je croyais qu'elle avait fini par venir.

Après quoi, quand nous allions souper, la cuisine et le repas me semblaient prendre un air plus tristement typique de la maison que jamais, et la honte de la maison m'emplissait plus que jamais, dans l'ingratitude de mon cœur.

Charles Dickens, *Les Grandes Espérances*,
traduction de Charles Bernard-Derosne,
revue par Jean-Pierre Naugrette, Paris,
Le Livre de Poche, 1998, p. 155-157.

Gustave Flaubert,
« Lettre à Caroline », 1863

Les lettres d'un oncle à sa nièce montrent le respect ému d'un écrivain de quarante ans pour une jeune fille dont il encourage la liberté. Gustave Flaubert (1821-1880) n'a pas d'enfant. Sa nièce est orpheline, sa mère est morte en la mettant au monde. Son oncle la recueille et l'élève. Entre les deux êtres naît une profonde affection qui s'exprime et grandit dans la relation épistolaire. À la mort de Flaubert, Caroline Franklin-Grout devient son exécutrice testamentaire.

[Paris,] mercredi, 3 heures (23 décembre 1863).

Mon Bibi,

Mlle Virginie sort d'ici. Elle m'a appris que Mlle Ozenne devait arriver ce soir à Croisset. Vous allez donc avoir de la compagnie et ne pas vous ennuyer si fort. Je plains moins ta grand-mère d'être dans son lit par le froid horrible qu'il fait. Avez-vous reçu l'édredon ?

Je n'ai aucune nouvelle de la féerie. Voilà deux jours que Pagnerre (d'après une lettre de lui) doit venir me voir. Et je l'attends en ce moment même. Saint-Victor m'a dit que le directeur des Variétés en avait envie. Il n'y a donc rien de fait comme tu vois. Maintenant causons de la grande affaire.

Eh bien, ma pauvre Caro, tu es toujours dans la même incertitude, et peut-être que maintenant, après une troisième entrevue, tu n'en es pas plus avancée ? C'est une décision si grave à prendre que je serais exactement dans le même état si j'étais dans ta jolie peau. Vois, réfléchis, tâte bien ta personne tout entière (cœur et âme), pour voir si le monsieur comporte en lui des chances de bonheur. La vie humaine se nourrit d'autre chose que d'idées poétiques et de sentiments exaltés. Mais d'autre part si l'existence bourgeoise vous fait crever d'ennui, à quoi se résoudre ? Ta pauvre vieille grand-mère désire te marier, par la peur où elle est de te laisser toute seule, et moi aussi, ma chère Caro, je voudrais te voir unie à un honnête garçon qui te rendrait aussi heureuse que possible ! Quand je t'ai vue, l'autre soir, pleurer si abondamment, ta désolation me fendait le cœur. Nous t'aimons bien, mon bibi, et le jour de ton mariage ne sera pas un jour gai pour tes deux vieux compagnons. Bien que je sois naturellement peu jaloux, le coco qui deviendra ton époux, quel qu'il soit, me déplaira tout d'abord. Mais là n'est pas la question. Je lui pardonnerai plus tard et je l'aimerai, je le chérirai, s'il te rend heureuse.

Je n'ai donc pas même l'apparence d'un conseil à te donner. Ce qui plaide pour M. C[ommanville], c'est la façon dont il s'y est pris. De plus on connaît son caractère, ses origines et ses attaches, choses presque impossibles à savoir dans un milieu parisien. Tu pourrais peut-être, ici, trouver des gens plus brillants ? Mais l'esprit, *l'agrément,* est le partage presque exclusif des bohèmes ! Or ma pauvre nièce mariée à un homme pauvre est une idée tellement atroce que je ne m'y arrête pas une minute. Oui, ma chérie, je déclare que j'aimerais mieux te voir épouser un épicier millionnaire qu'un grand homme indigent. – Car le grand homme aurait, outre sa misère, des brutalités et des tyrannies à te rendre folle ou idiote de souffrances.

Il y a à considérer ce gredin de séjour à Rouen, je le sais. Mais il vaut mieux habiter Rouen avec de l'argent que vivre à Paris sans le sou. – Et puis pourquoi, plus tard, la *maison de commerce* allant bien, ne viendriez-vous pas habiter Paris ?

Je suis comme toi, tu vois bien, je perds la boule, je dis alternativement blanc et noir. On y voit très mal dans les questions qui vous intéressent trop.

Tu auras du mal à trouver un mari qui soit au-dessus de toi par l'esprit et l'éducation. Si j'en connaissais un rentrant dans cette condition et ayant en outre tout ce qu'il faut, j'irais le chercher bien vite. Tu es donc forcée à prendre un brave garçon inférieur. Mais pourras-tu aimer un homme que tu jugeras de haut ? Pourras-tu vivre heureuse avec lui ? Voilà toute la question. Sans doute que l'on va te talonner pour donner une réponse prompte. Ne fais rien à la hâte. Et quoi qu'il advienne, mon pauvre loulou, compte sur la tendresse de ton vieil oncle qui t'embrasse.

Soigne bien ta bonne-maman. Embrasse-la pour moi.

Écris-moi de longues lettres avec beaucoup de détails.

Gustave Flaubert, *Correspondance*, édition de Bernard Masson, Paris, Gallimard, coll. « Folio », p. 454.

Arthur Rimbaud,
« Quand on a dix-sept ans », 1870

Célèbre poème d'Arthur Rimbaud (1854-1891) qu'il compose alors qu'il n'a même pas seize ans, « Roman » évoque une rencontre amoureuse qui colore la jeunesse de son éclat irrésistible. Le jeune poète perçoit la fragilité de ce temps de liberté en même temps que la vérité des instants qui le traversent. Rapidement Rimbaud va partir, quitter les vieux parapets de l'Europe et s'enivrer des voyages vers l'Afrique lointaine.

I

On n'est pas sérieux, quand on a dix-sept ans.
— Un beau soir, foin des bocks et de la limonade,
Des cafés tapageurs aux lustres éclatants !
— On va sous les tilleuls verts de la promenade.

Les tilleuls sentent bon dans les bons soirs de juin !
L'air est parfois si doux, qu'on ferme la paupière ;
Le vent chargé de bruits, — la ville n'est pas loin, —
A des parfums de vigne et des parfums de bière…

II

— Voilà qu'on aperçoit un tout petit chiffon
D'azur sombre, encadré d'une petite branche,

Piqué d'une mauvaise étoile, qui se fond
Avec de doux frissons, petite et toute blanche...

Nuit de juin ! Dix-sept ans ! — On se laisse griser.
La sève est du champagne et vous monte à la tête...
On divague ; on se sent aux lèvres un baiser
Qui palpite là, comme une petite bête...

III

Le cœur fou Robinsonne à travers les romans,
— Lorsque, dans la clarté d'un pâle réverbère,
Passe une demoiselle aux petits airs charmants,
Sous l'ombre du faux-col effrayant de son père...

Et, comme elle vous trouve immensément naïf,
Tout en faisant trotter ses petites bottines,
Elle se tourne, alerte et d'un mouvement vif...
— Sur vos lèvres alors meurent les cavatines...

IV

Vous êtes amoureux. Loué jusqu'au mois d'août.
Vous êtes amoureux — Vos sonnets La font rire.
Tous vos amis s'en vont, vous êtes mauvais goût.
— Puis l'adorée, un soir, a daigné vous écrire... !

— Ce soir-là,... — vous rentrez aux cafés éclatants,
Vous demandez des bocks ou de la limonade...
— On n'est pas sérieux, quand on a dix-sept ans
Et qu'on a des tilleuls verts sur la promenade.

Roman, 29 septembre 1870, première publication dans
Le Reliquaire, Paris, Léon Genonceaux, novembre 1891 ;
Poésies complètes, Paris, Le Livre de Poche,
1998, p. 112-113.

Émile Zola,
« Lettre à la jeunesse », 14 novembre 1897

Quatrième texte d'engagement d'Émile Zola (1840-1902) dans l'affaire Dreyfus, la « Lettre à la jeunesse » publiée en 1901 dans le recueil La Vérité en marche *qui comprend notamment le célèbre « J'accuse… ! » du 13 janvier 1898. L'écrivain y invite les étudiants parisiens à se détourner des haines nationalistes et à aller « à l'humanité, à la vérité, à la justice ! ».*

Quand j'étais jeune moi-même, je l'ai vu, le Quartier Latin, tout frémissant des fières passions de la jeunesse, l'amour de la liberté, la haine de la force brutale, qui écrase les cerveaux et comprime les âmes. Je l'ai vu, sous l'Empire, faisant son œuvre brave mais toujours dans un excès de libre émancipation humaine. Il sifflait les auteurs agréables aux Tuileries, il malmenait les professeurs dont l'enseignement lui semblait louche, il se levait contre quiconque se montrait pour les ténèbres, et pour la tyrannie. En lui brûlait le foyer sacré de la belle folie des vingt ans, lorsque toutes les espérances sont des réalités, et que demain apparaît comme le sûr triomphe de la Cité parfaite.

Et, si l'on remontait plus haut, dans cette histoire des passions nobles, qui ont soulevé la jeunesse des Écoles, toujours on la verrait s'indigner sous l'injustice, frémir et se lever pour les humbles, les abandonnés, les persécutés, contre les féroces et les puissants. Elle a manifesté en faveur des peuples opprimés, elle a été pour la Pologne, pour la Grèce, elle a pris la défense de tous ceux qui souffraient, qui agonisaient sous la brutalité d'une foule ou d'un despote. Quand on disait que le Quartier Latin s'embrasait, on pouvait être certain qu'il y avait derrière quelque flambée de juvénile justice, insoucieuse des ménagements, faisant d'enthousiasme une œuvre du cœur. Et quelle spontanéité alors, quel fleuve débordé coulant par les rues !

Je sais bien qu'aujourd'hui encore le prétexte est la patrie menacée, la France livrée à l'ennemi vainqueur, par une bande de traîtres. Seulement, je le demande, où trouvera-t-on la claire intuition des choses, la sensation instinctive de ce qui est vrai, de ce qui est juste, si ce n'est dans ces âmes neuves, dans ces jeunes gens qui naissent à la vie publique dont rien encore ne devrait obscurcir la raison droite et bonne ? Que les hommes politiques, gâtés par des années d'intrigues, que les journalistes, déséquilibrés par toutes les compromissions du métier, puissent accepter les plus impudents mensonges, se boucher les yeux à d'aveuglantes clartés, cela s'explique, se comprend. Mais elle, la jeunesse, elle est donc bien gangrenée déjà, pour que sa pureté, sa candeur naturelle, ne se reconnaisse pas d'un coup au milieu des inacceptables erreurs, et n'aille pas tout droit à ce qui est évident, à ce qui est limpide, d'une lumière honnête de plein jour !

Il n'est pas d'histoire plus simple. […]

Je sais bien que les quelques jeunes gens qui manifestent ne sont pas toute la jeunesse, et qu'une centaine de tapageurs, dans la rue, font plus de bruit que dix mille travailleurs, studieusement enfermés chez eux. Mais les cent tapageurs ne sont-ils pas déjà de trop, et quel symptôme affligeant qu'un pareil mouvement, si restreint qu'il soit, puisse à cette heure se produire au Quartier Latin !

Des jeunes gens antisémites, ça existe donc, cela ? Il y a donc des cerveaux neufs, des âmes neuves, que cet imbécile poison a déjà déséquilibrés ? Quelle tristesse, quelle inquiétude pour le vingtième siècle qui va s'ouvrir ! Cent ans après la Déclaration des droits de l'homme, cent ans après l'acte suprême de tolérance et d'émancipation, on en revient aux guerres de religion, au plus odieux et au plus sot des fanatismes Et encore cela se comprend chez certains hommes qui jouent leur rôle, qui ont une attitude à garder et une ambition vorace à satisfaire. Mais, chez des jeunes gens, chez ceux qui naissent et qui poussent pour cet épanouissement de tous les droits et de toutes les libertés, dont nous avons rêvé que resplendirait le prochain siècle. Ils sont les ouvriers attendus, et voilà déjà qu'ils se déclarent antisémites, c'est-à-dire qu'ils commenceront le siècle en massacrant tous les juifs, parce que ce sont des concitoyens d'une autre race et d'une autre foi ! Une belle entrée en jouissance, pour la Cité de nos rêves, la Cité d'égalité et de fraternité. Si la jeunesse en était vraiment là, ce serait à sangloter, à nier tout espoir et tout bonheur humain.

Ô jeunesse, jeunesse ! je t'en supplie, songe à la grande besogne qui t'attend. Tu es l'ouvrière future, tu vas jeter les assises de ce siècle prochain, qui, nous en avons la foi profonde, résoudra les problèmes de vérité et d'équité, posés par le siècle finissant. Nous, les vieux, les aînés, nous te laissons le formidable amas de notre enquête, beaucoup de contradictions et d'obscurités peut-être, mais à coup sûr l'effort le plus passionné que jamais siècle ait fait vers la lumière, les documents les plus honnêtes et les plus solides, le fondement même de ce vaste édifice de la science que tu dois continuer à bâtir pour ton honneur et pour ton bonheur. Et nous ne te demandons que d'être encore plus généreuse, plus libre d'esprit, de nous dépasser par ton amour de la vie normalement vécue, par ton effort mis entier dans le travail, cette fécondité des hommes et de la terre qui saura bien faire enfin pousser la débordante moisson de joie, sous l'éclatant soleil. Et nous te céderons fraternellement la place, heureux de disparaître et de nous reposer de la tâche accomplie, dans le bon sommeil de la mort, si nous savons que tu continues et que tu réalises nos rêves.

Jeunesse, jeunesse ! souviens-toi des souffrances que tes pères ont endurées, des terribles batailles où ils ont dû vaincre, pour conquérir la liberté dont tu jouis à cette heure. Si tu te sens indépendante, si tu peux aller et venir à ton gré, dire dans la presse ce que tu penses, avoir une opinion et l'exprimer publiquement, c'est que tes pères ont donné de leur intelligence et de leur sang. Tu n'es pas née sous la tyrannie, tu ignores ce que c'est que de se réveiller chaque matin avec la botte d'un maître sur la poitrine, tu ne t'es pas battue pour échapper au sabre du dictateur, au poids faux du mauvais juge. Remercie tes pères et ne commets pas le crime d'acclamer le mensonge, de faire campagne avec la force brutale, l'intolérance des fanatiques et la voracité des ambitieux. La dictature est au bout.

Jeunesse, jeunesse ! Sois toujours avec la justice. Si l'idée de justice s'obscurcissait en toi, tu irais à tous les périls. Et je ne te parle pas de la justice de nos Codes, qui n'est que la garantie des liens sociaux. Certes, il faut la respecter, mais il est une notion plus haute, la justice, celle qui pose en principe que tout jugement des hommes est faillible et qui admet l'innocence possible d'un condamné, sans croire insulter les juges. N'est-ce donc pas là une aventure qui doive soulever ton enflammée passion du droit ? Qui se lèvera pour exiger que justice soit faite, si ce n'est toi qui n'es pas dans nos luttes d'intérêts et de personnes, qui n'es encore engagée ni compromise dans aucune affaire louche, qui peux parler haut, en toute pureté et en toute bonne foi ?

Jeunesse, jeunesse ! sois humaine, sois généreuse. Si même nous nous trompons, sois avec nous, lorsque nous disons qu'un innocent subit une peine effroyable, et que notre cœur révolté s'en brise d'angoisse. Que l'on admette un seul instant l'erreur possible, en face d'un châtiment à ce point démesuré, et la poitrine se serre, les larmes coulent des yeux. Certes, les gardes-chiourmes restent insensibles, mais toi, toi, qui pleures encore, qui dois être acquise à toutes les misères, à toutes les pitiés ! Comment ne fais-tu pas ce rêve chevaleresque, s'il est quelque part un martyr succombant sous la haine, de défendre sa cause et de le délivrer ? Qui donc, si ce n'est toi, tentera la sublime aventure, se lancera dans une cause dangereuse et superbe, tiendra tête à un peuple, au nom de l'idéale justice ? Et n'es-tu pas honteuse, enfin, que ce soit des aînés, des vieux, qui se passionnent, qui fassent aujourd'hui ta besogne de généreuse folie ?

— Où allez-vous, jeunes gens, où allez-vous, étudiants, qui battez les rues, manifestant, jetant au milieu de nos discordes la bravoure et l'espoir de vos vingt ans.

Nous allons à l'humanité, à la vérité, à la justice !

Émile Zola, *Lettres à la jeunesse*, 14 décembre 1897,
Librairie Eugène Fasquelle, rééd. in *La Vérité en marche*,
Paris, Eugène Fasquelle, 1901,
et Paris, Tallandier, 2013, p. 99-110.

Rainer Maria Rilke,
« Quelque chose qui vous est propre
veut des mots », 1903

Écrivain autrichien né à Prague, amant de Lou Andreas Salomé, Rainer Maria Rilke (1875-1926) voyage dans toute l'Europe puis se fixe à Paris. Il débute une correspondance avec un jeune homme qui lui a adressé ses premiers poèmes. Dans les conseils d'écriture qu'il lui adresse, le poète parle de la vie et du mystère de la création.

Paris, le 17 février 1903.

Cher Monsieur,

Votre lettre m'est parvenue il y a quelques jours seulement. Je vous remercie pour la grande et aimable confiance qu'elle manifeste. Je ne puis guère davantage. Je ne peux pas aborder la manière de vos vers ; toute intention critique est trop éloignée de moi. Rien ne permet aussi peu de toucher à une Œuvre d'Art que les mots de la critique : on aboutit presque toujours par-là à des malentendus plus ou moins heureux. Les choses ne sont pas toutes aussi saisissables, aussi dicibles qu'on voudrait en général nous le faire croire ; la plupart des événements sont indicibles, ils s'accomplissent dans un espace où aucun mot n'a jamais pénétré ; et plus indicibles que tout sont les Œuvres d'Art, existences mystérieuses dont la vie, à côté de la nôtre, qui passe, est durable.

Après cette remarque en préambule, il m'est seulement permis de vous dire encore que vos vers n'ont pas de manière propre, mais qu'on y trouve pourtant, silencieux et recouverts, les rudiments de quelque chose de personnel. C'est ce que je sens le plus clairement dans le dernier poème « Mon âme ». Là, quelque chose qui vous est propre veut des mots, cherche son mode d'expression. Et dans le beau poème « À Leopardi » croît peut-être une sorte de parenté avec ce grand solitaire. Malgré tout, ces poèmes ne sont rien encore par eux-mêmes, rien qui tienne par soi, pas même le dernier, ni celui à Leopardi. La bonne lettre dont vous les avez accompagnés ne manque pas de m'éclairer sur maintes défaillances que j'ai senties à lire vos vers, sans être capable pourtant de leur donner un nom.

Vous demandez si vos vers sont bons. Vous me le demandez. Vous l'avez déjà demandé à d'autres. Vous les envoyez à des revues. Vous les comparez à d'autres poèmes, et vous vous inquiétez si certaines rédactions refusent vos tentatives. Eh bien (puisque vous m'avez autorisé à vous conseiller) je vous prie de renoncer à tout cela. Vous regardez vers le dehors, et c'est là précisément ce que vous devriez ne pas faire aujourd'hui. Personne ne peut vous conseiller ni vous aider, personne. Il n'est qu'un seul moyen. Rentrez en vous-même. Cherchez la raison qui, au fond, vous commande d'écrire ; examinez si elle déploie ses racines jusqu'au lieu le plus profond de votre cœur ; reconnaissez-le face à vous-même : vous faudrait-il mourir s'il vous était interdit d'écrire ? Ceci surtout : demandez-vous à l'heure la plus silencieuse de votre nuit : *dois*-je écrire ? Creusez en vous-même vers une réponse profonde. Et si cette réponse devait être affirmative, s'il vous est permis d'aller à la rencontre de cette question sérieuse avec un fort et simple « *je dois* », alors construisez votre vie selon cette nécessité ; votre vie, jusqu'en son heure la plus indifférente, la plus infime, doit se faire signe et témoignage pour cette poussée. Approchez-vous alors de la nature. Essayez alors, comme un premier homme, de dire ce que vous voyez, vivez, aimez, perdez. N'écrivez pas de poèmes d'amour ; évitez d'abord ces genres trop courants, trop habituels : ce sont les plus difficiles, car on a besoin d'une grande force, d'une force mûrie, pour donner ce qu'on a en propre là où de bonnes et parfois brillantes traditions se présentent en foule. Fuyez donc les motifs communs pour ceux que vous offre votre propre quotidien ; décrivez vos tristesses et vos désirs, les pensées passagères, la foi en une beauté, quelle qu'elle puisse être – décrivez tout cela avec une probité profonde, calme, humble, et utilisez, pour vous exprimer, les choses qui vous entourent, les images de vos rêves, et les objets de votre mémoire. Si votre quotidien vous paraît pauvre, ne l'accusez pas ; accusez-vous vous-même de n'être pas assez poète pour en appeler à vous les richesses ; car pour le créateur il n'y a pas de pauvreté, il n'est pas d'endroit pauvre, indifférent. Et si même vous étiez dans une prison, si les murs ne laissaient venir à vos sens aucun des bruits du monde – alors n'auriez-vous pas toujours votre enfance, cette richesse délicieuse et royale, ce trésor de souvenirs ? Tournez de ce côté votre attention. Tâchez de renflouer les sensations englouties de ce lointain passé ; votre personnalité se raffermira, votre solitude s'élargira, elle deviendra une demeure toute de demi-jour, loin de laquelle passera le fracas des autres. – Et si, de ce retour en vous-même, de cette plongée dans le monde propre, viennent des *vers*, alors vous ne songerez pas à demander à quelqu'un si ce sont de bons *vers*. Vous ne chercherez pas davantage à intéresser des revues à ces travaux : car vous verrez en eux un bien naturel qui vous sera cher, un morceau et une voix de votre vie. Une œuvre d'art est bonne si elle provient de la nécessité. Dans cette façon de prendre origine réside ce qui la juge : il n'est pas d'autre jugement. C'est pourquoi, cher Monsieur, je n'ai su vous donner d'autre conseil que celui-ci : entrez en vous-même, éprouvez les profondeurs d'où jaillit votre vie ; c'est à sa source que vous trouverez la réponse à la question : *dois*-je créer ? Prenez-la comme elle sonne sans chercher à l'interpréter. Peut-être se révélera-t-il que vous avez vocation à être artiste. Alors acceptez le destin, portez-le, son fardeau, sa grandeur, sans jamais réclamer une récompense qui pourrait venir du dehors. Car le créateur doit être lui-même un monde, il doit trouver toute chose en lui et dans la nature à laquelle il s'est lié.

Mais peut-être aussi, après cette descente en vous-même et dans ce qu'il y a de solitaire en vous, devrez-vous renoncer à devenir poète (il suffit, je l'ai dit, de sentir qu'on pourrait vivre sans écrire pour n'avoir aucun droit de le faire). Même alors, pourtant, le recueillement auquel je vous appelle n'aura pas été vain. Votre vie, de toute façon, trouvera à partir de là ses propres voies, et qu'elles soient bonnes, riches et vastes, c'est ce que je vous souhaite plus que je ne peux dire.

Que vous dire de plus ? Tout me paraît avoir reçu son juste accent ; et finalement je n'ai voulu que vous conseiller de croître silencieusement et sérieusement à mesure de votre développement ; vous ne sauriez le troubler plus brutalement qu'en regardant vers le dehors, qu'en attendant du dehors une réponse à des questions pour lesquelles seul votre plus intime sentiment, à votre heure la plus silencieuse, a peut-être une réponse.

Ce m'a été une joie de trouver dans votre lettre le nom du professeur Horaček ; je garde pour cet aimable savant une grande vénération et une gratitude qui dure à travers les années. Veuillez, je vous prie, lui faire part de mes sentiments ; il a beaucoup de bonté de penser encore à moi, et je sais l'apprécier.

Les vers que vous avez eu l'amabilité de me confier, je vous les rends en même temps. Et je vous remercie encore une fois pour la grandeur et la cordialité de votre confiance ; j'ai cherché, par la réponse que je vous ai faite sincèrement et du mieux que j'ai pu, à m'en rendre un peu plus digne que ne l'est réellement l'étranger que je suis.

Avec tout mon dévouement et ma sympathie,

> Rainer Maria Rilke, *Lettres à un jeune poète*,
> lettre du 17 février 1903, traduction, préfaces et notes
> de Claude Mouchard et Hans Hartje, Paris,
> Le Livre de Poche, 1989, p. 39-43.

Jean Jaurès,
« Discours à la jeunesse »,
lycée d'Albi, 30 juillet 1903

Ce discours de Jean Jaurès (1859-1914), député socialiste, philosophe, historien, est le plus célèbre parmi les centaines qu'il a prononcés. Invité à s'exprimer à la cérémonie de remise des prix au lycée d'Albi, lui qui y fut professeur dans sa jeunesse, partage avec son jeune auditoire l'idée d'engagement pour la République, pour la justice, pour la paix. Il lui enseigne le courage nécessaire.

Mesdames, Messieurs, jeunes élèves,

C'est une grande joie pour moi de me retrouver en ce lycée d'Albi et d'y reprendre un instant la parole. Grande joie nuancée d'un peu de mélancolie ; car lorsqu'on revient à de longs intervalles, on mesure soudain ce que l'insensible fuite des jours a ôté de nous pour le donner au passé. Le temps nous avait dérobés à nous-mêmes, parcelle à parcelle, et tout à coup c'est un gros bloc de notre vie que nous voyons loin de nous. La longue fourmilière des minutes emportant chacune un grain chemine silencieusement, et un beau soir le grenier est vide.

Mais qu'importe que le temps nous retire notre force peu à peu, s'il l'utilise obscurément pour des œuvres vastes en qui survit quelque chose de nous ? […] Ce qui reste vrai, à travers toutes nos misères, à travers toutes les injustices commises ou subies, c'est qu'il faut faire un large crédit à la nature humaine ; c'est qu'on se condamne soi-même à ne pas comprendre l'humanité, si on n'a pas le sens de sa grandeur et le pressentiment de ses destinées incomparables.

Cette confiance n'est ni sotte, ni aveugle, ni frivole. Elle n'ignore pas les vices, les crimes, les erreurs, les préjugés, les égoïsmes de tout ordre, égoïsme des individus, égoïsme des castes, égoïsme des partis, égoïsme des classes, qui appesantissent la marche de l'homme, et absorbent souvent le cours du fleuve en un tourbillon trouble et sanglant. Elle sait que les forces bonnes, les forces de sagesse, de lumière, de justice, ne peuvent se passer du secours du temps, et que la nuit de la servitude et de l'ignorance n'est pas dissipée par une illumination soudaine et totale, mais atténuée seulement par une lente série d'aurores incertaines.

Oui, les hommes qui ont confiance en l'homme savent cela. Ils sont résignés d'avance à ne voir qu'une réalisation incomplète de leur vaste idéal, qui lui-même sera dépassé ; ou plutôt ils se félicitent que toutes les possibilités humaines ne se manifestent point dans les limites étroites de leur vie. Ils sont pleins d'une sympathie déférente et douloureuse pour ceux qui ayant été brutalisés par l'expérience immédiate ont conçu des pensées amères, pour ceux dont la vie a coïncidé avec des époques de servitude, d'abaissement et de réaction, et qui, sous le noir nuage immobile, ont pu croire que le jour ne se lèverait plus. Mais eux-mêmes se gardent bien d'inscrire définitivement au passif de l'humanité qui dure les mécomptes des générations qui passent. Et ils affirment, avec une certitude qui ne fléchit pas, qu'il vaut la peine de penser et d'agir, que l'effort humain vers la clarté et le droit n'est jamais perdu. L'histoire enseigne aux hommes la difficulté des grandes tâches et la lenteur des accomplissements, mais elle justifie l'invincible espoir.

[...]

Mais comment m'était-il possible de parler devant cette jeunesse qui est l'avenir, sans laisser échapper ma pensée d'avenir ? [...]

C'est donc d'un esprit libre aussi que vous accueillerez cette autre grande nouveauté qui s'annonce par des symptômes multipliés : la paix durable entre les nations, la paix définitive. Il ne s'agit point de déshonorer la guerre dans le passé. Elle a été une partie de la grande action humaine, et l'homme l'a ennoblie par la pensée et le courage, par l'héroïsme exalté, par le magnanime mépris de la mort. Elle a été sans doute et longtemps, dans le chaos de l'humanité désordonnée et saturée d'instincts brutaux, le seul moyen de résoudre les conflits ; elle a été aussi la dure force qui, en mettant aux prises les tribus, les peuples, les races, a mêlé les éléments humains et préparé les groupements vastes. Mais un jour vient, et tout nous signifie qu'il est proche, où l'humanité est assez organisée, assez maîtresse d'elle-même pour pouvoir résoudre, par la raison, la négociation et le droit, les conflits de ses groupements et de ses forces. Et la guerre, détestable et grande tant qu'elle est nécessaire, est atroce et scélérate quand elle commence à paraître inutile.

Je ne vous propose pas un rêve idyllique et vain. Trop longtemps les idées de paix et d'unité humaines n'ont été qu'une haute clarté illusoire qui éclairait ironiquement les tueries continuées. [...]

L'humanité est maudite, si pour faire preuve de courage elle est condamnée à tuer éternellement. Le courage, aujourd'hui, ce n'est pas de maintenir sur le monde la sombre nuée de la Guerre, nuée terrible, mais dormante, dont on peut toujours se flatter qu'elle éclatera sur d'autres. Le courage, ce n'est pas de laisser aux mains de la force la solution des conflits que la raison peut résoudre ; car le courage est l'exaltation de l'homme, et ceci en est l'abdication. Le courage pour vous tous, courage de toutes les heures, c'est de supporter sans fléchir les épreuves de tout ordre, physiques et morales, que prodigue la vie. Le courage, c'est de ne pas livrer sa volonté au hasard des impressions et des forces ; c'est de garder dans les lassitudes inévitables l'habitude du travail et de l'action. Le courage dans le désordre infini de la vie qui nous sollicite de toutes parts, c'est de choisir un métier et de le bien faire, quel qu'il soit ; c'est de ne pas se rebuter du détail minutieux ou monotone ; c'est de devenir, autant que l'on peut, un technicien accompli ; c'est d'accepter et de comprendre cette loi de la spécialisation du travail qui est la condition de l'action utile, et cependant de ménager à son regard, à son esprit, quelques échappées vers le vaste monde et des perspectives plus étendues. Le courage, c'est d'être tout ensemble, et quel que soit le métier, un praticien et un philosophe. Le courage, c'est de comprendre sa propre vie, de la préciser, de l'approfondir, de l'établir et de la coordonner cependant à la vie générale. Le courage, c'est de surveiller exactement sa machine à filer ou à tisser, pour qu'aucun fil ne se casse, et de préparer cependant un ordre social plus vaste et plus fraternel où la machine sera la servante commune des travailleurs libérés. Le courage, c'est d'accepter les conditions nouvelles que la vie fait à la science et à l'art, d'accueillir, d'explorer la complexité presque infinie des faits et des détails, et cependant d'éclairer cette réalité énorme et confuse par des idées générales, de l'organiser et de la soulever par la beauté sacrée des formes et des rythmes. Le courage, c'est de dominer ses propres fautes, d'en souffrir mais de n'en pas être accablé et de continuer son chemin. Le courage, c'est d'aimer la vie et de regarder la mort d'un regard tranquille ; c'est d'aller à l'idéal et de comprendre le réel ; c'est d'agir et de se donner aux grandes causes sans savoir quelle récompense réserve à notre effort l'univers profond, ni s'il lui réserve une récompense. Le courage, c'est de chercher la vérité et de la dire ; c'est de ne pas subir la loi du mensonge triomphant qui passe, et de ne pas faire écho, de notre âme, de notre bouche et de nos mains aux applaudissements imbéciles et aux huées fanatiques.

Ah ! vraiment, comme notre conception de la vie est pauvre, comme notre science de vivre est courte, si nous croyons que, la guerre abolie, les occasions manqueront aux hommes d'exercer et d'éprouver leur courage, et qu'il faut prolonger les roulements de tambour qui dans les lycées du premier Empire faisaient sauter les cœurs ! Ils sonnaient alors un son héroïque ; dans notre vingtième siècle, ils sonneraient creux. Et vous, jeunes gens, vous voulez que votre vie soit vivante, sincère et pleine. C'est pourquoi je vous ai dit, comme à des hommes, quelques-unes des choses que je portais en moi.

Jean Jaurès, « Discours à la jeunesse »,
Albi, 30 juillet 1903, in *Jaurès, la République*,
édité par Vincent Duclert,
Toulouse, Privat, 2014, p. 23-35.

Charles Péguy,
Notre jeunesse, 1910

Revenant sur sa jeunesse héroïque pendant l'affaire Dreyfus où il s'engagea avec passion pour la cause de la justice, Charles Péguy (1873-1914) répond à ceux qui, comme l'écrivain Daniel Halévy auquel il s'adresse, cherchent des excuses au sacrifice des valeurs anciennes.

Nous fûmes des héros. Il faut le dire très simplement, car je crois bien qu'on ne le dira pas pour nous. Voici très exactement en quoi et pourquoi nous fûmes des héros. Dans tout le monde où nous circulions, dans tout le monde où nous achevions alors les années de notre apprentissage, dans tout le milieu où nous circulions, où nous opérions, où nous croissions encore et où nous achevions de nous former, la question qui se posait, pendant ces deux ou trois années de cette courbe montante, n'était nullement de savoir si *en réalité* Dreyfus était innocent (ou coupable). C'était de savoir si on aurait le courage de le reconnaître, de le déclarer innocent. De le manifester innocent. C'était de savoir si on aurait le double courage. Premièrement le premier courage, le courage extérieur, le grossier courage, déjà difficile, le courage social, public de le manifester innocent dans le monde, aux yeux du public, de l'avouer au public, (de le glorifier), de l'avouer publiquement, de le déclarer publiquement, de témoigner pour lui publiquement. De risquer là-dessus, de *mettre* sur lui tout ce que l'on avait, tout un argent misérablement gagné, tout un argent de pauvre et de misérable, tout un argent de petites gens, de misère et de pauvreté ; tout le temps, toute la vie, toute la carrière ; toute la santé, tout le corps et toute l'âme ; la ruine du corps, toutes les ruines, la rupture du cœur, la dislocation des familles, le reniement des proches, le détournement (des regards) des yeux, la réprobation muette ou forcenée, muette et forcenée, l'isolement, toutes les quarantaines ; la rupture d'amitiés de vingt ans, c'est-à-dire, pour nous, d'amitiés commencées depuis toujours. Toute la vie sociale. Toute la vie du cœur, enfin, tout. Deuxièmement le deuxième courage, plus difficile, le courage intérieur, le courage secret, s'avouer à soi-même en soi-même qu'il était innocent. Renoncer pour cet homme à la paix du cœur.

Non plus seulement à la paix de la cité, à la paix du foyer. À la paix de la famille, à la paix du ménage. Mais à la paix du cœur.

Au premier des biens, au seul bien.

Le courage d'entrer pour cet homme dans le royaume d'une incurable inquiétude.

Et d'une amertume qui ne se guérira jamais.

Nos adversaires ne sauront jamais, nos ennemis ne pouvaient pas savoir ce que nous avons sacrifié à cet homme, et de quel cœur nous l'avons sacrifié. Nous lui avons sacrifié notre vie entière, puisque cette affaire nous a marqués pour la vie.

Charles Péguy, *Notre jeunesse* [1910], Paris, Gallimard, « Folio essais », 1993, p. 250-251.

Robert Audoin,
« Un rayon de jeunesse et de vie », 1914

Jeune appelé mobilisé à la déclaration de guerre, Robert Audoin (1896-1957) s'applique, au milieu des combats inimaginables d'août 1914, à fixer le récit du dernier jour de paix, moment d'adieu au monde rassurant, à la vie calme, aux bonheurs simples qui déjà lui échappent. En quelques mots est révélée la violence inouïe que la guerre inflige aux hommes, en les arrachant à la vie humaine, « dans la terreur du bombardement et la souillure de la boue mêlée au sang des chevaux massacrés ».

Départ de Vannes à midi avec le lieutenant Beaudoin et le fourrier Méhay. Nous étions sur le qui-vive depuis deux jours lorsque le soir, un ordre arrive. J'ai eu vent que c'était celui du départ. Le dimanche 14 août se passait ceci. Tout étant prêt le lundi 15, nous faisons la reconnaissance du train en gare de Vannes. Je m'étais réservé un compartiment en tête avec trois autres hommes que j'avais choisis. Avant le départ, tout étant préparé, j'ai conversé avec Mlles Mahéo et une de leurs amies. J'avais été ami passager de leur père qui m'avait raconté des histoires de chasse. N'ayant personne d'autre comme connaissances à Vannes, ils m'avaient promis de venir me dire bonjour au départ.

N'ayant rien à faire qu'à embarquer mon cheval (Armistice) j'ai pu deux heures durant causer avec ces agréables jeunes filles et emporter jusqu'au dernier moment un rayon de jeunesse et de vie au fond de mon cœur. Puis j'ai confié un jeune chat (blanc et noir) que j'avais trouvé à Vannes dans le quartier à Lebas, à un garde d'écuries de ma pièce. Je suis monté en wagon, après avoir donné un adieu à la vie calme, même à la vie de famille qui m'échappait. J'avais demandé à Mlle Marcelle Mahéo de m'expliquer une dépêche pour mes parents, ainsi conçue : Bourget 6 à 8 heures. J'avais calculé approximativement le temps qu'il me fallait pour arriver au niveau de Paris et deviné ou à peu près que nous passerions par le Bourget. Le train de l'état-major était parti de Vannes vers 11 heures du matin. À 16 heures 30 nous démarrions. Un troisième convoi devait amener la 14e batterie à 9 heures du soir. Nous roulons, nous arrêtant à quelques gares. À Questembert, j'ai rencontré Mlle Jeanne, une amie de Ploërmel. Je l'ai priée de souhaiter le bonjour à plusieurs de ses amies. Dans une gare importante, Nantes je crois, nous nous sommes lavés. La journée du mardi 16 s'est passée en chemin de fer, sans incidents.

Après ce départ pour la guerre au milieu des jeunes filles, vint le moment réservé aux parents :

Le soir vers 9 heures et demie, nous sommes arrivés au Bourget. De nombreux hurrahs et adieux s'étaient échangés dans la banlieue parisienne. En passant, je m'entends appeler et vois papa et maman, puis Roger, qui me crient de descendre, que le train s'arrête vingt minutes. Je n'en fais rien malgré la petite allure du convoi, car j'avais peur que celui-ci ne stoppe pas et de le rater. Enfin, il s'arrête 200 mètres plus loin. Je cours au milieu des voies, jusqu'au passage à niveau où je les avais vus. Je les ai embrassés avec joie et le ferais maintenant avec délire, ils m'ont donné un colis, et après quelques paroles échangées, j'ai regagné le train au pas gymnastique. Comme il s'arrêtait plus longtemps que convenu, je suis reparti au passage à niveau mais ils n'y étaient plus, même pas la femme d'un de mes camarades que j'avais appelée pour me dire où ils étaient partis. Je regagne enfin le train, heureux surtout pour maman qui comptait bien me voir et n'avait consenti à quitter Vannes qu'avec cet espoir.

Récit du 25 août 1914, *in* Stéphane Audoin-Rouzeau,
Quelle histoire. Un récit de filiation (1914-2014),
Paris, EHESS-Gallimard-Le Seuil,
coll. « Hautes études », 2013, p. 39-40.
© Éditions du Seuil, coll. « Hautes études », 2013 ;
« Points Histoire », 2015.

Marcel Proust,
« Elles avaient toutes de la beauté », 1919

Révélées par Du côté de chez Swann, *la profondeur littéraire de Marcel Proust et sa faculté d'exprimer la vérité des êtres et des situations éclatent dans* À l'ombre des jeunes filles en fleurs, *roman d'une jeunesse « hardie et frivole ».*

Pourtant, si je devais bientôt mourir, j'aurais aimé savoir comment étaient faites de près, en réalité, les plus jolies jeunes filles que la vie pût offrir, quand même c'eût été un autre que moi, ou même personne, qui dût profiter de cette offre (je ne me rendais pas compte, en effet, qu'il y avait un désir de possession à l'origine de ma curiosité). J'aurais osé entrer dans la salle de bal, si Saint-Loup avait été avec moi. Seul je restai simplement devant le Grand-Hôtel à attendre le moment d'aller retrouver ma grand-mère, quand, presque encore à l'extrémité de la digue où elles faisaient mouvoir une tache singulière, je vis s'avancer cinq ou six fillettes, aussi différentes, par l'aspect et par les façons, de toutes les personnes auxquelles on était accoutumé à Balbec, qu'aurait pu l'être, débarquée on ne sait d'où, une bande de mouettes qui exécute à pas comptés sur la plage – les retardataires rattrapant les autres en voletant – une promenade dont le but semble aussi obscur aux baigneurs qu'elles ne paraissent pas voir, que clairement déterminé par leur esprit d'oiseaux.

Une de ces inconnues poussait devant elle, de la main, sa bicyclette ; deux autres tenaient des « clubs » de golf ; et leur accoutrement tranchait sur celui des autres jeunes filles de Balbec, parmi lesquelles quelques-unes, il est vrai, se livraient aux sports, mais sans adopter pour cela une tenue spéciale.

C'était l'heure où dames et messieurs venaient tous les jours faire leur tour de digue. [...]

Au milieu de tous ces gens dont quelques-uns poursuivaient une pensée, mais en trahissaient alors la mobilité par une saccade de gestes, une divagation de regards, aussi peu harmonieuses que la circonspecte titubation de leurs voisins, les fillettes que j'avais aperçues, avec la maîtrise de gestes que donne un parfait assouplissement de son propre corps et un mépris sincère du reste de l'humanité, venaient droit devant elles, sans hésitation ni raideur, exécutant exactement les mouvements qu'elles voulaient, dans une pleine indépendance de chacun de leurs membres par rapport aux autres, la plus grande partie de leur corps gardant cette immobilité si remarquable chez les bonnes valseuses. Elles n'étaient plus loin de moi. Quoique chacune fût d'un type absolument différent des autres, elles avaient toutes de la beauté ; mais, à vrai dire, je les voyais depuis si peu d'instants et sans oser les regarder fixement que je n'avais encore individualisé aucune d'elles. Sauf une, que son nez droit, sa peau brune mettaient en contraste au milieu des autres comme, dans quelque tableau de la Renaissance, un roi Mage de type arabe, elles ne m'étaient connues, l'une, que par une paire d'yeux durs, butés et rieurs ; une autre que par des joues où le rose avait cette teinte cuivrée qui évoque l'idée de géranium ; et même ces traits je n'avais encore indissolublement attaché aucun d'entre eux à l'une des jeunes filles plutôt qu'à l'autre ; et quand (selon l'ordre dans lequel se déroulait cet ensemble, merveilleux parce qu'y voisinaient les aspects les plus différents, que toutes les gammes de couleurs y étaient rapprochées, mais qui était confus comme une musique où je n'aurais pas su isoler et reconnaître au moment de leur passage les phrases, distinguées mais oubliées aussitôt après) je voyais émerger un ovale blanc, des yeux noirs, des yeux verts, je ne savais pas si c'était les mêmes qui m'avaient déjà apporté du charme tout à l'heure, je ne pouvais pas les rapporter à telle jeune fille que j'eusse séparée des autres et reconnue. Et cette absence, dans ma vision, des démarcations que j'établirais bientôt entre elles, propageait à travers leur groupe un flottement harmonieux, la translation continue d'une beauté fluide, collective et mobile.

Ce n'était peut-être pas, dans la vie, le hasard seul qui, pour réunir ces amies, les avait toutes choisies si belles ; peut-être ces filles (dont l'attitude suffisait à révéler la nature hardie, frivole et dure), extrêmement sensibles à tout ridicule et à toute laideur, incapables de subir un attrait d'ordre intellectuel ou moral, s'étaient-elles naturellement trouvées, parmi les camarades de leur âge, éprouver de la répulsion pour toutes celles chez qui des dispositions pensives ou sensibles se trahissaient par de la timidité, de la gêne, de la gaucherie, par ce qu'elles devaient appeler « un genre antipathique », et les avaient-elles tenues à l'écart ; tandis qu'elles s'étaient liées au contraire avec d'autres vers qui les attirait un certain mélange de grâce, de souplesse et d'élégance physique, seule forme sous laquelle elles pussent se représenter la franchise d'un caractère séduisant et la promesse de bonnes heures à passer ensemble. Peut-être aussi la classe à laquelle elles appartenaient et que je n'aurais pu préciser, était-elle à ce point de son évolution où, soit grâce à l'enrichissement et au loisir, soit grâce aux habitudes nouvelles de sport, répandues même dans certains milieux populaires, et d'une culture physique à laquelle ne s'est pas encore ajoutée celle de l'intelligence, un milieu social pareil aux écoles de sculpture harmonieuses et fécondes qui ne recherchent pas encore l'expression tourmentée produit naturellement, et en abondance, de beaux corps aux belles jambes, aux belles hanches, aux visages sains et reposés, avec un air d'agilité et de ruse. Et n'était-ce pas de nobles et calmes modèles de beauté humaine que je voyais là, devant la mer, comme des statues exposées au soleil sur un rivage de la Grèce ?

Marcel Proust, *À l'ombre des jeunes filles en fleurs*, édition établie, présentée et annotée par Eugène Nicole, Paris, Le Livre de Poche, 2008, p. 420-423.

Clara Malraux,
« Vous n'avez jamais été
dans un bal musette ? », 1922

Jeune épouse d'André Malraux déjà célèbre pour ses écrits et ses exploits, Clara Malraux se souviendra au début des années 1960 de sa première rencontre avec l'écrivain aventurier. Le couple, qui a donné naissance à une fille, Florence, se sépare en 1937. Clara Malraux poursuit une carrière littéraire marquée par le succès de ses œuvres autobiographiques. En Mai 68, elle participe aux manifestations étudiantes de Nanterre. De cette époque, elle confiera, à l'âge de 70 ans : « C'est la fin de ma jeunesse. »

« Vous n'avez jamais été dans un bal musette ? » Non, je n'avais jamais été dans un bal musette ni, au demeurant, dans une boîte de nuit ; je désirai connaître l'un et l'autre dès qu'il m'en parla comme d'un des aspects de la vie poétique et que je pus les rapprocher de ce que je connaissais enfin de ses écrits, de *Lunes en papier*. Plus encore, les endroits de plaisir montmartrois de l'époque me parurent directement liés à sa sensibilité, lui fournissant les éléments de son folklore visuel, serpentins, boules de couleur, jambes gainées de soie noire lancées vers des bouillonnements de dentelle. J'avais jusque-là pensé aux cabarets nocturnes comme à des lieux de vice, voici qu'ils m'apparurent comme des sources de pittoresque sensibles à quelques *happy few*, dont je voulus être le plus vite possible. Comment avais-je pu ignorer le french-cancan et la java, aussi caractéristiques, découvris-je soudain, de notre temps, que la tour Eiffel !

Un des grands lieux communs de l'époque voulait qu'une jeune personne fût, non seulement, jusqu'à son mariage, privée des joies sensuelles, mais encore d'un certain nombre de plaisirs accessoires que devait lui révéler – avec les précédents – l'époux unique. C'était, croyait-on, mettre toutes les chances du côté de l'homme que de faire de lui le détenteur de biens multiples, parmi lesquels le droit de porter des bijoux de prix et des robes de grands couturiers – ce que je faisais depuis belle lurette –, de fréquenter les théâtres du boulevard et les « mauvais lieux montmartrois ». Du coin de l'œil, quand il était à mes côtés, je regardais celui qui ne serait pas mon mari, mais, je le savais, l'initiateur en de nombreux domaines. L'échec de mon aventure avec Jean m'avait préparée à un total consentement, qu'il fût ou non accompagné d'amour. Pour le moment, nous n'en étions qu'à une amitié qui nous comblait l'un et l'autre. Restait que nous avions décidé de partir ensemble. Peut-être nous communiquions-nous trop de choses : quelque temps – un temps assez court – son corps me troubla peu. Était-ce parce que mes possibilités d'abandon restaient fixées à la silhouette brune et trapue, si dissemblable de celle qui m'accompagnait alors, de l'homme dont je m'étais séparée il y a peu ou, aussi, était-ce parce que l'adolescent avec qui je parlais tant ne me désirait pas encore, ce qui, aujourd'hui, m'apparaît comme normal, car j'avais beau faire, j'étais une petite fille comiquement audacieuse, dans ses discours surtout, et dont chaque geste trahissait l'inhabileté sensuelle.

« Vous n'avez jamais été dans un bal musette ? »

Clara Malraux, *Le Bruit de nos pas*, vol. II :
Nos vingt ans (1922-1924), Paris, Grasset,
coll. « Les Cahiers rouges », 2006, p. 18-19.
© Éditions Grasset, 1966.

Simone Weil,
« J'ai fait amitié avec les gens du pays », 1929

Jeune professeure nommée au lycée du Puy-en-Velay, Simone Weil (1909-1943) correspond avec sa mère. Par petites touches, elle lui dévoile son rapport au monde et à la vie, et sa passion pour la philosophie et les philosophes (dont Georges Canguilhem ici mentionné).

[Marnoz, été 1929]

Ma chère Mime,
Je viens de recevoir ta lettre, et je te réponds en hâte, car nous passons en ce moment nos journées au flanc d'une montagne où tout le pays fait maintenant le regain, et où on travaille tous ensemble.

Pour répondre à ton regret du peu de contact que t'apportent mes lettres, tu me connais assez pour savoir que ce qui m'intéresse dans un pays, ce ne sont pas de vieilles pierres ni de beaux paysages. Si je me trouve bien ici, c'est que j'ai fait amitié avec les gens du pays. Les travaux, les foires, les fêtes ne sont que des occasions d'entretenir cette amitié en partageant leur vie. Ce sont des plaisirs que tu peux imaginer, mais dont le récit serait fastidieux. Je serais d'ailleurs incapable de les raconter. Assez là-dessus.

[C.P. : Le Puy-en-Velay, 13 avril 1932]

Ma chère Mime,
Je regrette bien la mort de mémère E[ugénie], ou plutôt le chagrin de Biri, car on ne peut guère dire qu'elle vivait encore – et si elle ne s'est pas senti mourir, c'est tout ce qu'on pouvait souhaiter. Pour Biri, j'espère que cette tristesse n'est que la première impression inévitable. Pour nous il faut continuer à vivre. Et vivre vraiment, c'est vivre avec joie. Goûtez donc pleinement la joie du retour d'André. Heureuse que Cang[uilhem] soit venu dans l'appartement ; j'aurais été inquiète.

Simone Weil, *Correspondance*, in *Œuvres complètes*, VII, Gallimard, coll. « NRF », 2012, p. 85-86 et p. 120.

Zabel Essayan,
« Aller en Europe », 1935

Écrivaine arménienne née dans l'Empire ottoman, francophile et séjournant souvent à Paris, témoin des grands massacres décimant les Arméniens d'Asie mineure avant la Première Guerre mondiale, Zabel Essayan (1878-1943) échappe au génocide de 1915. Elle participe à l'aventure de l'Arménie indépendante avant d'être happée par la terreur stalinienne. Elle ne reviendra pas vivante de la déportation au goulag en 1937. Son œuvre est un hymne à la résistance culturelle et au pouvoir de la création littéraire si chère à la jeunesse. Les Jardins de Silidhar *sont sa dernière œuvre connue avant que la terreur stalinienne ne l'enlève à l'humanité.*

Le cœur battant mais armées de toute l'audace dont nous étions capables, nous prîmes le chemin de Pera où demeurait cet écrivain connu pour son féminisme militant. Paralysée par la peur, Archagouhie voulait renoncer. Arrivée devant la porte, elle me dit encore une fois :

— Non, Zabel, attends ! On reviendra un autre jour.

Mais j'appuyai sur le bouton de sonnette.

Une bonne vint nous ouvrir et nous fit entrer dans une pièce où, les lèvres tremblantes, nous annonçâmes que nous désirions voir Mme Dussape.

Au fond d'un immense salon, Mme Serpouhie Dussape, tout habillée de noir, était assise dans un fauteuil. Depuis une dizaine d'années, elle restait inconsolable de la perte de sa fille Dora, morte à seize ans. Ses cheveux blancs et bouclés entouraient un visage qui frappait par sa tristesse. En nous voyant, presque vacillantes, nous avancer vers elle dans son immense salon, elle se leva et vint à notre rencontre en nous tendant la main. Ses lèvres un peu épaisses esquissaient un sourire plein de bonté. Elle nous prit chacune par une main et nous conduisit jusqu'aux chaises qui encadraient son fauteuil.

Nous avions perdu tous nos moyens et complètement oublié ce que nous comptions lui dire. Mais elle ne nous laissa pas le temps de sombrer dans notre confusion, nous réconforta par les paroles les plus encourageantes et se mit aussitôt à nous questionner. Elle était très sensible à notre visite. Il faut dire que c'était déjà un auteur passablement oublié et bien des gens ne savaient même pas si elle était morte ou encore en vie. Un nouvel astre brillait au firmament littéraire arménien de Constantinople : Sybille, qui était devenue une manière d'écrivain officiel de la communauté. J'avais lu quelques-uns des romans et des poèmes de Sybille et, contrairement à l'engouement général à l'époque, j'avais l'audace de ne pas aimer ce genre de littérature. Pour moi, les méandres complexes dans lesquels se complaisait cette poétesse à succès portaient sur des sujets dérisoires et mon juvénile appétit littéraire ne trouvait pas dans ces délicatesses raffinées l'aliment qui lui convenait.

Apprenant que j'envisageais une carrière littéraire, Mme Dussape me mit en garde. Pour une femme, dit-elle, il y avait là plus de pièges à redouter que de lauriers à glaner. Dans la réalité arménienne telle qu'elle se présentait, me dit-elle, on n'était pas encore prêt à ce qu'une femme se fasse un nom et une place. Pour surmonter les obstacles de cette situation, il fallait dépasser la médiocrité : « Un homme peut être un écrivain médiocre, une femme, non. »

Ses beaux yeux se fixèrent sur moi et elle me conseilla de fortifier d'abord ma santé avant de penser à ce que je voulais faire.

Mme Dussape nous fit grande impression. Sur le chemin du retour, nous en parlâmes avec enthousiasme. Archagouhie me confia comme un secret qu'elle aussi voulait devenir écrivain. Nous étions bien d'accord, toutes les deux, pour considérer qu'il fallait sortir de la médiocrité et pour cela, faire d'abord des études supérieures, aller en Europe...

— Ah ! soupira Archagouhie, aller en Europe ! Mais comment ?

Zabel Essayan, *Les Jardins de Silidhar*,
traduit de l'arménien par Pierre Ter-Sarkissian,
Paris, Albin Michel, 1994, p. 200-202.
© 1935, Pethrat, Erevan, Arménie soviétique.

Maréchal Pétain, « Message à la jeunesse de France », 29 décembre 1940

Parvenu au pouvoir à la faveur de la défaite française et de la décomposition des forces politiques, le maréchal Pétain auréolé d'une réputation abusive de « vainqueur de Verdun » supprime la République, instaure une dictature et engage une active collaboration avec l'Allemagne. Son projet idéologique de « Révolution nationale » vise à purifier la société de l'« esprit de jouissance » et à imposer un ordre moral destructeur des libertés. Il s'adresse en premier lieu à la jeunesse.

À la jeunesse de France
Jeunes Français !

C'est à vous, jeunes Français, que je m'adresse aujourd'hui, vous qui représentez l'avenir de la France, et à qui j'ai voué une attention et une sollicitude particulières.

Vous souffrez dans le présent, vous êtes inquiets pour l'avenir. Le présent est sombre, en effet, mais l'avenir sera clair, si vous savez vous montrer dignes de votre destin.
Vous payez des fautes qui ne sont pas les vôtres ; c'est une dure loi qu'il faut comprendre et accepter,

au lieu de la subir ou de se révolter contre elle. Alors l'épreuve devient bienfaisante, elle trempe les âmes et les corps et prépare les lendemains réparateurs.

L'atmosphère malsaine dans laquelle ont grandi beaucoup de vos aînés a détendu les énergies, amolli leurs courages et les a conduits par les chemins fleuris du plaisir de la pire catastrophe de notre histoire. Pour vous, engagés dès le jeune âge dans des sentiers abrupts, vous apprendrez à préférer aux plaisirs faciles, les joies des difficultés surmontées.

Méditez ces maximes :
Le plaisir abaisse, la joie s'élève.
Le plaisir affaiblit, la joie rend fort.

Cultivez en vous le sens et l'amour de l'effort, c'est une part essentielle de la dignité de l'homme, et de son efficacité.

L'effort porte en lui-même sa récompense morale, avant de se traduire par un profit matériel, qui d'ailleurs arrive toujours tôt ou tard.

Lorsque vous aurez à faire le choix d'un métier de qualité, qui exigent un long et sérieux apprentissage, ceux-là même où notre main-d'œuvre nationale accusait autrefois une supériorité incontestée.

Lorsque vous aurez choisi votre carrière sachez que vous aurez le droit de prendre place parmi les élites. C'est à elles que revient le commandement, sur les seuls titres du travail et du mérite.

Dans cette lutte sévère pour atteindre le rang que vos capacités vous assignent, réservez toujours une place aux vertus sociales et civiques, à l'entraide, au désintéressement, à la générosité.

La maxime égoïste qui fut trop souvent celle de vos devanciers : chacun pour soi et personne pour tous, est absurde en elle-même et désastreuse en ses conséquences.

Comprenez bien, mes jeunes amis, que cet individualisme dont nous nous vantions comme d'un privilège est à l'origine des maux dont nous avons failli périr. Nous voulons reconstruire, et la préface nécessaire à toute reconstruction, c'est d'éliminer l'individualisme destructeur, destructeur de la famille dont il brise ou relâche les liens, destructeur du travail, à l'encontre duquel il proclame le droit à la paresse, destructeur de la Patrie dont il ébranle la cohésion quand il n'en dissout pas l'unité.

Seul le don de soi donne son sens à la vie individuelle en la rattachant à quelque chose qui la dépasse, qui l'élargit et la magnifie.

Pour conquérir tout ce que la vie comporte de bonheur et de sécurité, chaque Français doit commencer par s'oublier lui-même.

Qui est incapable de s'intégrer à un groupe, d'acquérir le sens vital de l'équipe, ne saurait prétendre à servir, c'est-à-dire à remplir son devoir d'homme et de citoyen.

Il n'y a pas de société sans amitié, sans confiance, sans dévouement.

Je ne vous demande pas d'abdiquer votre indépendance, rien n'est plus légitime que la passion que vous en avez. Mais l'indépendance peut parfaitement s'accommoder de la discipline, tandis que l'individualisme tourne inévitablement à l'anarchie, qui ne trouve d'autre correctif que la tyrannie.

Le plus sûr moyen d'échapper à l'une et à l'autre, c'est d'acquérir le sens de la communauté sur le plan social et sur le plan national.

Apprenez donc à travailler en commun, à réfléchir en commun, à obéir en commun, à prendre vos jeux en commun.

En un mot, cultivez parmi vous l'esprit d'équipe.

Vous préparerez ainsi le solide fondement du nouvel ordre Français, qui vous liera fortement les uns aux autres, et vous permettra d'affronter allègrement l'œuvre immense du redressement national.

Mes chers amis, il y a une concordance symbolique entre la dure saison qui nous inflige ses privations et ses souffrances et la douloureuse période que traverse notre pays, mais au plus fort de l'hiver, nous gardons intacte notre foi dans le retour du printemps.

Oui, jeunes Français, la France, aujourd'hui dépouillée, un jour prochain reverdira, refleurira.

Puisse le printemps de votre jeunesse s'épanouir bientôt dans le printemps de la France ressuscitée.

Philippe Pétain, *Discours aux Français : 17 juin 1940-août 1944*, édition de Jean-Claude Barbas, Paris, Albin Michel, 1989.

La Rose blanche
« Nous nous dressons contre l'asservissement de l'Europe », 1943

À Munich, un professeur de philosophie, Kurt Huber, une étudiante en philosophie, Sophie Scholl, des étudiants en médecine, Hans Scholl, Alexander Schmorell et d'autres de leurs camarades refusent l'idéologie de mort et de destruction qu'impose le nazisme à l'Allemagne. Ils créent en juin 1942 un réseau de résistance qui tente de réveiller la jeunesse allemande. Leur dernier tract, reproduit ici, est un appel émouvant à la liberté de l'Europe. Alors qu'ils le distribuent à l'université, Hans et Sophie Scholl sont arrêtés par la Gestapo le 18 février 1943. Le réseau est décapité et ses membres exécutés.

Étudiants ! Étudiantes !

La défaite de Stalingrad a jeté notre peuple dans la stupeur. La vie de trois cent mille Allemands, voilà ce qu'a coûté la stratégie géniale de ce soldat de deuxième classe promu général des armées. Führer, nous te remercions !

Le peuple allemand s'inquiète : allons-nous continuer de confier le sort de nos troupes à un dilettante ? Allons-nous sacrifier les dernières forces vives du pays aux plus bas instincts d'hégémonie d'une clique d'hommes de parti ? Jamais plus ! Le jour est venu de demander des comptes à la plus exécrable tyrannie que ce peuple ait jamais endurée. Au nom de la jeunesse allemande, nous exigeons de l'État d'Adolf Hitler le retour à la liberté personnelle ; nous voulons reprendre possession de ce qui est à nous ; notre pays, prétexte pour nous tromper si honteusement, nous appartient.

Nous avons grandi dans un État où toute expression de ses opinions personnelles était impossible. On a essayé, dans ces années si importantes pour notre formation, de nous ôter toute personnalité, de nous troubler, de nous empoisonner. Dans un brouillard de phrases vides, on voulait étouffer en nous la pensée individuelle, et on appelait cette méthode : « formation pour une conception saine du monde ». Par le choix du Führer, un choix comme on n'en pouvait faire de plus diabolique et de plus borné à la fois, des hommes sont devenus des criminels sans Dieu, sans honte, sans conscience ; il en a fait sa suite aveugle, stupide. Ce serait à nous, « travailleurs intellectuels » de régler son compte à cette nouvelle clique de Seigneurs. Des combattants du front sont traités comme des écoliers par des Chefs de groupe, ou des aspirants Gauleiter.

Il n'est pour nous qu'un impératif : lutter contre la dictature ! Quittons les rangs de ce parti nazi, où l'on veut empêcher toute expression de notre pensée politique. Désertons les amphithéâtres où paradent les chefs et les sous-chefs SS, les flagorneurs et les arrivistes. Nous réclamons une science non truquée, et la liberté authentique de l'esprit. Aucune menace ne peut nous faire peur, et certes pas la fermeture de nos Écoles Supérieures. Le combat de chacun d'entre nous a pour enjeu notre liberté, et notre honneur de citoyen conscient de sa responsabilité sociale.

Liberté et Honneur ! Pendant dix longues années, Hitler et ses partisans nous ont rebattu les oreilles de ces deux mots, comme seuls savent le faire des dilettantes, qui jettent aux cochons les valeurs les plus hautes d'une nation. Ce qu'ils entendent par ces mots, ils l'ont montré suffisamment au cours de ces années où toute liberté, matérielle aussi bien qu'intellectuelle, toute valeur morale furent bafouées. L'effusion de sang qu'ils ont répandue dans l'Europe, au nom de l'honneur allemand, a ouvert les yeux même au plus sot. La honte pèsera pour toujours sur l'Allemagne, si la jeunesse ne s'insurge pas enfin pour écraser ses bourreaux et bâtir une nouvelle Europe spirituelle.

Étudiants, Étudiantes ! Le peuple allemand a les yeux fixés sur nous ! Il attend de nous, comme en 1813, le renversement de Napoléon, en 1943, celui de la terreur nazie.

Bérézina et Stalingrad flambent à l'Est, les morts de Stalingrad nous implorent !
Nous nous dressons contre l'asservissement de l'Europe par le National-Socialisme, dans une affirmation nouvelle de liberté et d'honneur.

Cité in Inge Scholl, *La Rose blanche.*
Six Allemands contre le nazisme,
traduit de l'allemand par Jacques Delpeyrou,
Paris, Éditions de Minuit, 1955, p. 153-156.
© Éditions de Minuit.

Paul Mathou,
« Ne vivez pas avec le passé, voyez l'avenir »,
1944

Élève mécanicien, titulaire en juin 1941 du CAP, Paul Mathou (1922-1944) s'enfuit du Travail obligatoire en Allemagne. Il rejoint dans les Pyrénées un corps franc de maquisards. Dénoncé, il est capturé le 27 mars 1944. Il est fusillé à Toulouse un mois plus tard. Un lycée de la ville porte son nom.

Bien chers parents chéris,
Et petite mère chérie,
Lorsque vous recevrez cette lettre, vous serez bien attristés, mais j'espère que vous supporterez l'épreuve aussi bien que je la supporte. Il y a une demi-heure, j'ai été condamné à mort par la cour martiale allemande. Je m'en serais peut-être sorti mais il y a eu un attentat à Toulouse et je crois que nous sommes pris comme otages. Nous sommes neuf qui devons être exécutés aujourd'hui, à 17 heures. Il y a onze jours que je m'attendais à cela. J'ai été amené de Banios, le 29 mars à 8 heures. Je n'ai pas pu m'échapper car j'ai été blessé à l'épaule. Ils m'ont emmené à Tarbes en camion et j'ai été soigné en arrivant, je n'ai pas souffert. Trois jours après, le 1er avril (ce poisson) ils m'ont emmené à Toulouse et j'ai été mis en cellule. La nourriture n'était pas

mauvaise… [Censure]. On m'a fait raser, on m'a donné une chemise propre et vers 10 heures, on m'a emmené devant le tribunal. La séance a duré une heure et quarante minutes. On nous a distribué des colis de la Croix-Rouge. Nous avons fait un excellent repas, le dernier, tous les neuf, bons Français et bons camarades. Personne ne s'est plaint. Nous avons tous accepté notre sort avec courage. Nous sommes tous les neuf dans une même pièce. Nous faisons notre courrier. Nous avons touché cinq cigarettes et je vous écris en fumant ma deuxième. Je supporte mon sort avec courage, je suis prêt à affronter la mort. J'ai fait mon examen de conscience, je meurs, en bon Français. Je me suis montré toujours attaché à ma France si belle que j'aime tant.

C'est pour toi, surtout, petite mère adorée, que j'ai de la peine. Cela va te causer un terrible chagrin, toi qui as tellement souffert pour m'élever, qui as voulu faire de moi un homme et pour quel résultat. Mais je souhaite que tu sois aussi courageuse que moi. N'attriste pas les jours à venir, profite pleinement de la vie et je te conseille de reporter toute ton affection sur Yvette. Considère-la comme ta fille, aime-la comme tu m'aimais, elle le mérite et j'espère qu'elle saura t'aimer comme elle m'aimait. Et à toutes les deux, soutenues par papa et mon oncle, vous arriverez à faire votre vie comme auparavant. Ne vivez pas avec le passé, voyez l'avenir et sachez, en toute occasion, vivre la vie et profitez-en pour tous ceux qui n'auront pu le faire. Ne les plaignez pas. Si leur mort est triste, ils seront heureux s'ils meurent en sachant que leur entourage était aussi fort qu'eux.

Pour toi papa, qui as été si bon pour maman et pour moi, je te la laisse. Fais-la vivre heureuse. Tu es homme, tu seras plus courageux, réconforte-la de ton affection, de ton courage. Ne te laisse pas abattre. Songe que tu es, maintenant, tout pour elle et je meurs heureux de savoir que tant que tu seras en vie, elle ne manquera de rien. Je te remercie de tout ce que tu as fait pour nous et ton fils, car tu es mon vrai papa, aura été digne de toi.

Yvette, j'ai à me faire pardonner tout le mal que je t'ai causé. Je t'ai fait beaucoup de peine mais peut-être cela n'a-t-il pas été plus car, ainsi ta peine sera moins amère. À toi aussi je confie Mérotte. Je voudrais que, jusqu'à ton mariage, tu sois pour elle l'enfant qu'elle a perdu et te serai redevable une fois encore. Je t'ai mal connue et je reconnais ma faute depuis que je suis livré à ma solitude, dans ma cellule. Je m'étais promis de t'épouser si je m'en sortais, mais les événements ont tourné bien autrement.

Mon portefeuille et quelques affaires personnelles sont restés à Tarbes, au restaurant Bayonnais, à la police allemande. Essayez de les avoir, ici, je ne possède rien et je ne puis rien vous envoyer.

J'ai la consolation de mourir en uniforme français et en soldat. Le seul regret, à ce sujet-là, est que je n'ai pu avoir ma chéchia. Elle est à Tarbes et je serai content si vous pouviez la faire parvenir.

Je laisse tout ce que j'ai à maman. Qu'elle garde toutes mes affaires, qu'elle donne quelque chose à Yvette si elle le désire et c'est tout.

J'embrasse bien fort toute la famille et amis. Dites-leur que mourir est moins dur que l'on ne se l'imagine. On a plus de peine pour ceux que l'on laisse derrière soi que pour soi-même.

Je vous embrasse bien fort, papa et Yvette et oncle Louis et toi, chère maman, je te serre fort sur mon cœur si plein de toi, ma dernière pensée sera pour toi. C'est

ton visage rayonnant de bonté qui fermera mes yeux. Adieu mère chérie, adieu tous mes amis, un dernier adieu pour maman.
Paul

> Dernière lettre de Paul Mathou à sa famille,
> 26 avril 1944, Archives départementales
> des Hautes-Pyrénées (1 J).

Nazim Hikmet,
« Don Quichotte », 1947

Poète turc mondialement connu, emprisonné à plusieurs reprises pendant quinze ans (entre 1925 et 1951) par le régime nationaliste de Mustapha Kemal, Nazim Hikmet (1901-1963) parvient à s'échapper et à se réfugier en URSS. En détention, il s'applique à écrire et créer. Dans sa cellule, il retrouve la figure de Don Quichotte et de son éternelle jeunesse.

Le chevalier de l'éternelle jeunesse
Suivit, vers la cinquantaine,
La raison qui battait dans son cœur.
Il partit un beau matin de juillet
Pour conquérir le beau, le vrai et le juste.
Devant lui c'était le monde
Avec ses géants absurdes et abjects
Et sous lui c'était la Rossinante
Triste et héroïque.
Je sais,
Une fois qu'on tombe dans cette passion
Et qu'on a un cœur d'un poids respectable
Il n'y a rien à faire, mon Don Quichotte, rien à faire,
Il faut se battre avec les moulins à vent.
Tu as raison,
Dulcinée est la plus belle femme du monde,

Bien sûr qu'il fallait crier cela
à la figure des petits marchands de rien du tout,
Bien sûr qu'ils devaient se jeter sur toi
Et te rouer de coups,
Mais tu es l'invincible chevalier de la soif
Tu continueras à vivre comme une flamme
Dans ta lourde coquille de fer
Et Dulcinée sera chaque jour plus belle.

Nazim Hikmet, *Don Quichotte*,
traduit du turc par Hasan Güreh,
in *Poèmes*, Les Éditeurs Français Réunis, 1951.

Boris Vian,
Le Déserteur, 1955

Ingénieur de formation, écrivain, poète, peintre, chanteur, musicien, Boris Vian (1920-1959) créé Le Déserteur *en 1954 pour protester contre la guerre que mène la France en Indochine et inciter la jeunesse à la désobéissance civile. Censurée à sa sortie, la chanson est interprétée pendant la guerre d'Algérie par Serge Reggiani et Mouloudji, et par Joan Baez durant la guerre du Vietnam.*

Monsieur le Président
Je vous fais une lettre
Que vous lirez peut-être
Si vous avez le temps.
Je viens de recevoir
Mes papiers militaires
Pour partir à la guerre
Avant mercredi soir.
Monsieur le Président
Je ne veux pas la faire
Je ne suis pas sur terre
Pour tuer de pauvres gens.
C'est pas pour vous fâcher,
Il faut que je vous dise,
Ma décision est prise,
Je m'en vais déserter.

Depuis que je suis né,
J'ai vu mourir mon père,
J'ai vu partir mes frères
Et pleurer mes enfants.
Ma mère a tant souffert
Qu'elle est dedans sa tombe
Et se moque des bombes
Et se moque des vers.
Quand j'étais prisonnier,
On m'a volé ma femme,
On m'a volé mon âme,
Et tout mon cher passé.
Demain de bon matin
Je fermerai ma porte
Au nez des années mortes,
J'irai sur les chemins.

Je mendierai ma vie
Sur les routes de France,
De Bretagne en Provence
Et je crierai aux gens :
« Refusez d'obéir,
Refusez de la faire,
N'allez pas à la guerre,
Refusez de partir. »
S'il faut donner son sang,
Allez donner le vôtre,
Vous êtes bon apôtre
Monsieur le Président.
Si vous me poursuivez,
Prévenez vos gendarmes
Que je n'aurai pas d'armes
Et qu'ils pourront tirer*.

* Il existe une variante des deux dernières lignes censurée à l'époque :
« Que j'emporte des armes
Et que je sais tirer. »

Boris Vian, *Le Déserteur*.
Paroles de Boris Vian. Musique de Harold Berg.
© Éditions musicales Djanik
pour la France et le Bénélux.

Pierre Mendès France,
« Message à la jeunesse », 22 décembre 1955

Très engagé dans les élections législatives du 2 janvier 1956, ancien chef d'un gouvernement qui, l'année précédente, a marqué les esprits par ses réformes et son courage, Pierre Mendès France (1907-1982) lance à la télévision et à la radio un appel solennel à la jeunesse et au pays tout entier. La première ne doit en aucun cas se détourner de la « chose publique » tandis qu'un régime politique qui ignore cette vérité « se condamne, se suicide ».

Vos problèmes s'identifient évidemment avec ceux d'une nation qui a le souci de son avenir. C'est dans ce sens qu'on a pu dire qu'il n'y a pas de question qui soit particulière à la jeunesse, mais il est tout aussi exact de dire que la gravité d'une question se mesure à la façon dont elle affecte la jeunesse.

Certes, les jeunes ne sont pas les seuls à avoir besoin de se loger. Mais le cas des jeunes ménages qui ne trouvent pas de toit, ou des étudiants qui n'ont pas de chambre le soir pour travailler, n'est-il pas le plus dramatique ?

Certes, le plein-emploi et la paix sont des bienfaits indispensables à tous les citoyens et de tous les âges, mais comment ne pas voir que la guerre met en cause pour un jeune tout son destin, et le chômage tout son espoir. Comment ne pas observer que ces calamités, qui peuvent ébrancher ou même abattre des arbres adultes, sont pour de jeunes arbustes un arrachement par la racine plus bouleversant, plus tragique, et surtout plus irréparable ?

Le gouvernement n'a pas le droit de l'ignorer. Puisque chacun des grands problèmes de la communauté nationale atteint la jeunesse plus gravement et plus profondément que quiconque, il importe qu'ils soient pris, étudiés, résolus en pensant à elle, en pensant à vous, enfants de la guerre et de l'après-guerre, à qui doit être épargné le retour de ce que nous avons connu et subi. Oui, penser constamment à vous, c'est la seule manière de construire toujours en fonction du futur, c'est la seule méthode pour être certain de ne jamais sacrifier l'avenir au présent, ce qui est en définitive le devoir suprême de l'homme d'État.

Une telle préoccupation, je dirais même une telle obsession, doit être constamment celle des hommes publics. D'immenses tâches sont devant nous : moderniser l'agriculture et l'industrie, mettre en valeur les pays d'outre-mer, rénover l'enseignement, la justice, l'administration, la défense nationale, lancer des grands travaux, développer la recherche scientifique, clef du progrès de demain, exploiter les forces atomiques, que sais-je encore — eh bien ! chaque fois que nous voudrons résoudre ces problèmes difficiles et complexes en vue de l'intérêt véritable et profond de la nation, de sa croissance, de son progrès, de sa puissance, chaque fois, puisqu'il s'agit de l'avenir, c'est inévitablement dans le sens qui profite le plus à la jeunesse que nous trouverons les solutions valables, les seules qui ne trompent pas. [...]

La jeunesse est impatiente et sévère dans ses jugements, probablement plus en France qu'ailleurs, certainement aujourd'hui plus qu'avant. Ce n'est pas moi qui vous en blâmerais, vous les jeunes, car vous avez de fortes raisons d'être inquiets, d'être critiques. Je n'ignore pas ces raisons. Mais je sais aussi qu'il dépend de vous que votre critique demeure vaine et votre impatience stérile, ou qu'elles soient, l'une et l'autre, et dès maintenant, des ferments d'énergie et d'action.

On dit souvent selon une formule un peu banale, mais vraie, que vous êtes le sang nouveau qui peut revivifier la nation. Si, demain, les responsabilités doivent vous incomber, il n'est pas trop tôt pour en assumer d'ores et déjà une part, et plus importante que vous ne croyez – mais il faut le faire très vite. Sinon, un jour, vous trouverez écrasante la charge des hypothèques que vous aurez laissé accumuler sur vous.

[...]

Mais cela ne suffit pas. Jeunes hommes et jeunes femmes de France, vous devez intervenir et agir par vous-mêmes. Organisez-vous, groupez-vous, pour faire entendre votre voix, participez aux mouvements de jeunesse, animez-les, poussez-les à exercer sur les pouvoirs publics une pression continue, afin de faire triompher les décisions que dicte le sens de l'intérêt collectif !

Et ce n'est pas tout encore. N'hésitez pas à prendre part à la vie politique, qui sans votre inspiration risquera toujours de retomber dans les vieilles ornières...

Ayez constamment présente à l'esprit la relation étroite et quotidienne qui existe, et qui maintenant existera de plus en plus, entre vos préoccupations, vos soucis, vos besoins, et l'action d'un grand État, qui, après tant d'épreuves, veut se refaire, veut se redresser. Comprenez le rôle que vous pouvez jouer, la contribution dans la marche en avant que vous pouvez apporter. Décidez dès aujourd'hui de peser de toutes vos forces sur la destinée nationale, préparez de vos propres mains l'avenir plus heureux et plus juste auquel vous avez droit. Soyez enfin, au sens le plus riche de ce mot, des citoyens ! »

Pierre Mendès France, *Œuvres complètes,* tome 4 : *Pour une République moderne, 1955-1962*, Paris, Gallimard, 1987, p. 148-152.
© Éditions Gallimard.

Charles Aznavour,
« Sa jeunesse… entre ses mains »,
album Bravos du music-hall, 1957

Célèbre compositeur et interprète né en 1924, Charles Aznavour a chanté les « lendemains pleins de promesse » de la jeune génération.

Lorsque l'on tient
Entre ses mains
Cette richesse
Avoir vingt ans, des lendemains
Pleins de promesses
Quand l'amour sur nous se penche
Pour nous offrir ses nuits blanches
Lorsque l'on voit
Loin devant soi
Rire la vie
Brodée d'espoir, riche de joie
Et de folie
Il faut boire jusqu'à l'ivresse
Sa jeunesse

Car tous les instants
De nos vingt ans
Nous sont comptés
Et jamais plus
Le temps perdu

Ne nous fait face
Il passe
Souvent en vain
On tend les mains
Et l'on regrette
Il est trop tard sur son chemin
Rien ne l'arrête
On ne peut garder sans cesse
Sa jeunesse

Avant que de sourire nous quittons l'enfance
Avant que de savoir la jeunesse s'enfuit
Cela semble si court que l'on est tout surpris
Qu'avant de comprendre on quitte l'existence.

Lorsque l'on tient
Entre ses mains
Cette richesse
Avoir vingt ans, des lendemains
Pleins de promesses
Quand l'amour sur nous se penche
Pour nous offrir ses nuits blanches
Lorsque l'on voit
Loin devant soi
Rire la vie
Brodée d'espoir, riche de joie
Et de folie
Il faut boire jusqu'à l'ivresse
Sa jeunesse

Car tous les instants
De nos vingt ans
Nous sont comptés
Et jamais plus

Le temps perdu
Ne nous fait face
Il passe
Souvent en vain
On tend les mains
Et l'on regrette
Il est trop tard sur son chemin
Rien ne l'arrête
On ne peut garder sans cesse
Sa jeunesse.

Paroles et musique de Charles Aznavour.
© Éditions musicales Djanik
pour la France et le Bénélux.

Simone de Beauvoir, « J'entrai dans un monde dont la nouveauté m'étourdit », 1958

Professeure de philosophie, formant avec Jean-Paul Sartre un couple mythique, Simone de Beauvoir (1908-1986) s'impose en 1958, avec le premier volet d'une œuvre autobiographique de premier plan, comme une grande écrivaine et une figure du féminisme.

Mon enfance, mon adolescence, s'étaient écoulées sans heurt ; d'une année à l'autre, je me reconnaissais. Il me sembla soudain qu'une rupture décisive venait de se produire dans ma vie ; je me rappelais le cours Désir, l'abbé, mes camarades, mais je ne comprenais plus rien à la tranquille écolière que j'avais été quelques mois plus tôt ; à présent, je m'intéressais à mes états d'âme beaucoup plus qu'au monde extérieur. Je me mis à tenir un journal intime ; en exergue, j'écrivis : « Si quelqu'un, qui que ce soit, lit ces pages, je ne le lui pardonnerai jamais. C'est une laide et mauvaise action qu'il fera là. Prière de respecter cet avertissement en dépit de sa ridicule solennité. » En outre, je pris grand soin de le dérober à tous les regards. J'y recopiais des passages de mes livres favoris, je m'interrogeais, je m'analysais, et je me félicitais de ma transformation. En quoi consistait-elle au juste ? Mon journal l'explique mal ; j'y passais quantité de choses sous silence, et je manquais de recul. Cependant, en le relisant, quelques faits m'ont sauté aux yeux.

« Je suis seule. On est toujours seul. Je serai toujours seule. » Je retrouve ce leitmotiv d'un bout à l'autre de mon cahier. Jamais je n'avais pensé cela. « Je suis autre », me disais-je parfois avec orgueil : mais je voyais dans mes différences le gage d'une supériorité qu'un jour tout le monde reconnaîtrait. Je n'avais rien d'une révoltée ; je voulais devenir quelqu'un, faire quelque chose, poursuivre sans fin l'ascension commencée depuis ma naissance ; il me fallait donc m'arracher aux ornières, aux routines : mais je croyais possible de dépasser la médiocrité bourgeoise sans quitter la bourgeoisie. Sa dévotion aux valeurs universelles était, m'imaginais-je, sincère ; je me pensais autorisée à liquider traditions, coutumes, préjugés, tous les particularismes, au profit de la raison, du beau, du bien, du progrès. Si je réussissais une vie, une œuvre qui fissent honneur à l'humanité, on me féliciterait d'avoir foulé aux pieds le conformisme ; comme mademoiselle Zanta, on m'accepterait, on m'admirerait. Je découvris brutalement que je m'étais bien trompée ; loin de m'admirer, on ne m'acceptait pas ; au lieu de me tresser des couronnes, on me bannissait. L'angoisse me prit, car je réalisai qu'on blâmait en moi, plus encore que mon attitude actuelle, l'avenir où je m'engageais : cet ostracisme n'aurait pas de fin. Je n'imaginais pas qu'il existât des milieux différents du mien ; quelques individus, ici ou là, émergeaient de la masse ; mais je n'avais guère de chance d'en rencontrer aucun ; même si je nouais une ou deux amitiés, elles ne me consoleraient pas de l'exil dont déjà je souffrais ; j'avais toujours été choyée, entourée, estimée, j'aimais qu'on m'aimât ; la sévérité de mon destin m'effraya.

C'est par mon père qu'elle me fut annoncée ; j'avais compté sur son appui, sa sympathie, son approbation : je fus profondément déçue qu'il me les refusât. Il y avait bien de la distance entre mes ambitieuses visées et son scepticisme morose ; sa morale exigeait le respect des institutions ; quant aux individus, ils n'avaient rien à faire sur terre, sinon éviter les ennuis et jouir le mieux possible de l'existence. Mon père répétait souvent qu'il faut avoir un idéal, et tout en les détestant, il enviait les Italiens parce que Mussolini leur en fournissait un : cependant il ne m'en proposait aucun. Mais je ne lui en demandais pas tant. Étant donné son âge et les circonstances, je trouvais son attitude normale et il me semblait qu'il aurait pu comprendre la mienne. Sur bien des points – la Société des Nations, le cartel des gauches, la guerre du Maroc – je n'avais aucune opinion et j'acquiesçais à tout ce qu'il me disait. Nos désaccords me paraissaient si bénins que je ne fis d'abord aucun effort pour les atténuer.

Mon père tenait Anatole France pour le plus grand écrivain du siècle ; il m'avait fait lire à la fin des vacances *Le Lys rouge* et *Les dieux ont soif*. J'avais témoigné peu d'enthousiasme. Il insista et me donna pour mes dix-huit ans les quatre volumes de *La Vie littéraire*. L'hédonisme de France m'indigna. Il ne cherchait dans l'art que d'égoïstes plaisirs : quelle bassesse ! pensais-je. Je méprisais aussi la platitude des romans de Maupassant que mon père considérait comme des chefs-d'œuvre. Je le dis poliment, mais il en prit de l'humeur : il sentait bien que mes dégoûts mettaient en jeu beaucoup de choses. Il se fâcha plus sérieusement quand je m'attaquai à certaines traditions. Je subissais avec impatience les déjeuners, les dîners qui plusieurs fois par an réunissaient chez une cousine ou une autre toute ma parentèle ; les sentiments seuls importent, affirmai-je, et non les hasards des alliances et du sang ; mon père avait le culte de la famille et il commença à penser que je manquais de cœur. Je n'acceptais pas sa conception du mariage ; moins austère que les Mabille, il y accordait à l'amour une assez large place ; mais moi je ne séparais pas l'amour de l'amitié : entre ces deux sentiments, il ne voyait rien de commun. Je n'admettais pas qu'un des deux époux « trompât » l'autre : s'ils ne se convenaient plus, ils devaient se séparer. Je m'irritais que mon père autorisât le mari à « donner des coups de canif dans le contrat ». Je n'étais pas féministe dans la mesure où je ne me souciais pas de politique : le droit de vote, je m'en fichais. Mais à mes yeux, hommes et femmes étaient au même titre des personnes et j'exigeais entre eux une exacte réciprocité. L'attitude de mon père à l'égard du « beau sexe » me blessait. Dans l'ensemble, la frivolité des liaisons, des amours, des adultères bourgeois m'écœurait. Mon oncle Gaston m'emmena, avec ma sœur et ma cousine, voir une innocente opérette de Mirande : *Passionnément* ; au retour, j'exprimai ma répugnance avec une vigueur qui surprit beaucoup mes parents : je lisais pourtant Gide et Proust sans sourciller. La morale sexuelle courante me scandalisait à la fois par ses indulgences et par ses sévérités. J'appris avec stupeur en lisant un fait divers que l'avortement était un délit ; ce qui se passait dans mon corps ne concernait que moi ; aucun argument ne m'en fit démordre.

Nos disputes s'envenimèrent assez vite ; j'aurais pu, s'il s'était montré tolérant, accepter mon père tel qu'il était ; mais moi, je n'étais encore rien, je décidais de ce que j'allais devenir et en adoptant des opinions, des goûts opposés aux siens, il lui semblait que délibérément je le reniais. D'autre part, il voyait beaucoup mieux que moi sur quelle pente je m'étais engagée. Je refusais les hiérarchies, les valeurs, les cérémonies par lesquelles l'élite se distingue ; ma critique ne tendait, pensais-je, qu'à la débarrasser de vaines survivances : elle impliquait en fait sa liquidation. Seul l'individu me semblait réel, important : j'aboutirais fatalement à préférer à ma classe la société prise dans sa totalité. Somme toute, c'était moi qui avais ouvert les hostilités ; mais je l'ignorais, je ne comprenais pas pourquoi mon père et tout son entourage me condamnaient. J'étais tombée dans un traquenard ; la bourgeoisie m'avait persuadée que ses intérêts se confondaient avec ceux de l'humanité ; je croyais pouvoir atteindre en accord avec elle des vérités valables pour tous : dès que je m'en approchais, elle se dressait contre moi. Je me sentais « ahurie, désorientée, douloureusement ». Qui m'avait mystifiée ? pourquoi ? comment ? En tout cas, j'étais victime d'une injustice et peu à peu ma rancune se tourna en révolte.

Personne ne m'admettait telle que j'étais, personne ne m'aimait : je m'aimerai assez, décidai-je, pour compenser cet abandon. Autrefois, je me convenais, mais je me souciais peu de me connaître ; désormais, je prétendis me dédoubler, me regarder, je m'épiai ; dans mon *Journal* je dialoguai avec moi-même. J'entrai dans un monde dont la nouveauté m'étourdit. J'appris ce qui sépare la détresse de la mélancolie, et la sécheresse de la sérénité ; j'appris les hésitations du cœur, ses délires, l'éclat de grands renoncements et les murmures souterrains de l'espoir. Je m'exaltais, comme aux soirs où, derrière des collines bleues, je contemplais le ciel mouvant ; j'étais le paysage et le regard : je n'existais que par moi, et pour moi. Je me félicitai d'un exil qui m'avait chassée vers de si hautes joies ; je méprisai ceux qui les ignoraient et je m'étonnai d'avoir pu si longtemps vivre sans elles.

Simone de Beauvoir, *Mémoires d'une jeune fille rangée*, Paris, Gallimard, coll. « Blanche », 1958, p. 187-190.
© Éditions Gallimard.

Benoîte Groult,
Journal à quatre mains, 1962

Avec sa sœur Flora, Benoîte Groult (née en 1920) publie un « journal à quatre mains » qui révèle la beauté d'une écriture et la force d'un engagement pour les femmes. La mémoire d'une jeunesse partagée évoque les attentes de la liberté.

29 juin 43

C'est pour demain. Je couche pour la dernière fois dans mon lit de chêne cérusé et de jeune fille. J'ai mis pour la dernière fois du désordre dans la chambre de Flora sans qu'elle ait osé protester, car elle est sentimentale et j'aime en abuser. J'ai laissé le robinet de sa toilette entrouvert, je n'ai pas replié ses serviettes, j'ai glissé sur sa descente de lit qui s'est mise de travers, j'ai dérangé sa pile de mouchoirs parfumés pour prendre le dernier, j'ai laissé la porte sur le couloir grande ouverte... un exquis festival.

Depuis deux jours, j'ai même le droit d'embrasser Flora sans tickets !

Dans la cuisine, les parents vaqueront une partie de la nuit. Ma robe de jersey de soie blanc est sur une chaise, raide comme une robe de statue. J'aurai un lourd voile de jersey aussi, détail rare, dont les plis sembleront pétrifiés. Je serai le contraire d'une mariée vaporeuse. J'aurai l'air d'une mariée pour agrégé de grammaire, d'une muse belle, mais sérieuse et avec qui on ne doit pas rigoler.

Cette cérémonie ne me concerne pas personnellement. C'est le passage à la douane. C'est demain soir que je serai à l'étranger et que cet étranger sera ma nouvelle patrie.

Je quitte mon état sans nostalgie. Je n'ai pas très bien su être une jeune fille. Je crois que je suis plutôt faite pour être une femme. Comme au cinéma, je regarde Mlle G. dans une glace pour la dernière fois, cette demoiselle de la rue Vaneau, qui avait de grands yeux et dont on disait qu'elle ressemblait, dans ses bons jours, à Loretta Young. À qui ressemblera Benoîte Landon ? Quand commencera la déshonorante bagarre contre la ride ou la poche ? Qui seras-tu, à quarante ans ? Oh ! pas embourgeoisée, s'il te plaît. Plutôt vivre « dans la merde ».

Mais un jour, ce sera la première visite dans un institut de beauté et ce sera le commencement de la fin. On m'obligera à prendre un yaourt au petit déjeuner, on m'interdira le café au lait, les frites, les œufs, tout ce que j'aime, je ménagerai mes organes pour qu'ils durent, j'aurai une pesanteur dans les mollets, je compterai méticuleusement mes heures de sommeil, je traquerai mes cheveux blancs. Ma Grande Guerre – perdue d'avance – aura commencé.

Benoîte G., tu étais solide et jeune ; je pouvais compter sur toi ; mais tu ne savais pas vivre. J'ai l'impression que Benoîte Landon va me donner de grandes satisfactions.

Flora chérie, je te trahis. Tu vois, tout le monde croyait que ce serait toi qui partirais la première et qu'on aurait du mal à me caser ! Tu m'as rendu l'enfance amusante et la jeunesse pleine de complicités. Mais je crois qu'il était temps que nous nous quittions : nous n'étions plus des filles, mais des femmes : nous avions chacune nos pauvres.

Peut-être un jour, quand nous aurons épuisé l'illusion de ne faire qu'un avec l'homme que nous aimerons, redeviendrons-nous deux sœurs ?

J'imagine ta destinée brillante, traînant tous les cœurs après toi. Je serai la bohème en pantalons, à qui il manquera toujours un bouton et que tu n'oseras pas inviter à tes dîners. Mais je ne redoute aucune cassure entre nous, même si je viens un jour brandir le drapeau rouge parmi tes invités. Le divorce n'existe pas entre sœurs ! Tu auras beau me plaquer, mon chéri, je serai toujours là, à tes côtés ou dans l'ombre, mais finalement plus proche de toi que personne.

En attendant que nous nous redécouvrions, réjouis-toi : je ne lirai plus tes lettres, je ne me laverai plus les dents avec ta brosse, je ne presserai plus la Bi-Oxyne par le haut, et je ne piétinerai plus tes plates-bandes sentimentales ; car il faut être intime pour se faire mal avec plaisir. Demain, la vie pour toi ne sera plus qu'un monologue.

Exit Benoîte G.

Benoîte et Flora Groult, *Journal à quatre mains*, Paris, Denoël, 1962, Le Livre de Poche, 2008, p. 367-369.
© Éditions Denoël, 1962.

Pablo Neruda,
« Premiers voyages », 1964

Prix Nobel de littérature en 1971, le poète chilien Pablo Neruda (1904-1973) meurt des suites de son arrestation par la police politique du dictateur Pinochet. Son œuvre est immense et aborde les horizons de la jeunesse.

Je devins infini quand je gagnai les mers.
J'étais plus jeune que le monde entier.
Et sur la côte à ma rencontre s'avançait
dans son immensité le goût de l'univers.

Non, je ne savais pas que le monde existait.

Je croyais à la tour engloutie sous les eaux.

J'avais découvert tant de chose en rien,
dans la perforation de mes ténèbres,
dans les cris de l'amour, dans les racines,
que je fus l'homme inhabité qui s'en allait :
un malheureux propriétaire de squelette.

Et je compris que j'allais nu
et que je devais m'habiller,
je n'avais jamais baissé l'œil vers mes souliers,
je ne parlais pas les langues étrangères,
je ne savais pas lire ou ne lisais qu'en moi,
je ne savais pas vivre autrement que caché,

et je compris que je ne pouvais plus
m'appeler comme avant car je ne viendrais pas :
ce rendez-vous-là était bien fini :
jamais plus, jamais plus, disait le corbeau.

Il me fallait compter avec tous ces nuages,
avec tous les chapeaux que ce monde portait,
avec tous ces cours d'eau, antichambres et portes,
et avec tous ces noms ; rien que pour les apprendre
mon exécrable vie ne serait pas trop longue.

Le monde était rempli de femmes,
il était bourré comme un étalage,
et par ces chevelures que j'appris soudain,
par toutes ces poitrines pures et ces hanches splendides
je sus que Vénus n'avait pas d'écume :
elle était sèche et ferme avec ses deux bras éternels
et de toute sa nacre dure résistait
à l'élan génital de mes sens impudiques.

Tout était nouveauté pour moi. Et la planète
croulait de trop porter le poids de sa vieillesse :
tout s'ouvrait pour que je vive ma vie
et pour que je regarde cet éclair.

Et avec de petits yeux de cheval
je vis se lever le plus grinçant des rideaux :
un rideau qui montait en souriant à prix fixe :
celui de l'Europe fanée.

> Pablo Neruda, « Premiers voyages », in *Mémorial de l'Île noire*, traduit de l'espagnol (Chili) par Claude Couffon, Paris, Gallimard, coll. « Poésie/Gallimard », 1977, p. 90-91.
> © Éditions Gallimard.

ARCUN,
« Ce que n'est pas une vie normale », 1968

Mai 68 a été une révolution de la jeunesse, révoltée par l'indifférence que lui opposait la société et par la misère derrière l'opulence. Décidant de parler, elle choisit ses modes d'expression comme ici le tract rédigé et lancé à la faculté de Nanterre.

Avoir 20 ans et vivre en potache.

Ne pas pouvoir recevoir son père ou son frère dans sa chambre mais dans un foyer totalement impersonnel.

Demander l'autorisation pour danser dans un foyer qui nous est réservé.

Vivre dans une ambiance malsaine parce que la société qui veille sur nous a peur des « abus » de la jeunesse.

Enregistrer bêtement et passivement la culture imposée.

Mener une vie misérable dans tous les sens du terme, faire un travail au noir pour payer ses études ou sa piaule.

Abandonner ses études après trois ans en cité parce qu'on est incapable de les payer.

Ce qu'est une vie normale.

Vivre libre et être responsable.

Être respecté au même titre que n'importe quel citoyen.

Avoir les mêmes droits et les mêmes responsabilités, que l'on soit un garçon ou une fille.

Faire de la cité un lieu d'animation culturelle et de création artistique qui soit le fait des étudiants.

Pouvoir arriver au terme de ses études sans être aidé financièrement par papa. Pouvoir discuter sur un pied d'égalité avec l'administration et ne pas recevoir de bonbons pour nous faire plaisir.

Si vous contestez ou si vous approuvez la politique menée, manifestez-vous, exprimez-vous.

Réunion d'information avec un délégué de la MNEF Au foyer F jeudi 8 février [1967] à 20 h 30 ».

Tract de l'Association des résidents de la cité universitaire de Nanterre (ARCUN) rapporté par Emmanuelle Loyer, *Mai 68 dans le texte*, Bruxelles, Complexe, coll. « De source sûre », 2008.

Louis Chedid et Alain Souchon,
« Roulez, roulez jeunesse », 1988

Auteurs-compositeurs et artistes-interprètes, Louis Chedid (né en 1948) et Alain Souchon (né en 1944) font chanter la jeunesse avec grâce et légèreté.

Roulez, roulez jeunesse,
À fond la caisse.
Sur la voie express.
Faites-vous des caresses,
Donnez-vous des rendez-vous partout,
Dans les champs, dans les choux,
Dans les rues, sur les clous,
L'amour un point c'est tout.
Faites-vous des baisers tout de suite,
Des serments sur le grand huit,
Le temps passe à toute vitesse,
Roulez jeunesse.

Banana, touffu, tout fou,
Iroquois,
Abdominaux, bien dans sa peau,
Bien dans ses sapes aussi,
Banané par les années,
Nettoyé,
Vachement avachi, calvitie.

Faut qu'ça godille, faut qu'ça bouge.
Piste noire, piste rouge,
Faut qu'ça balance, faut qu'ça tourne,
Tchacapoum.
Attention on devient vite ex,
Tout mou comme du latex,
Un vieux machin d'occase,
Tournez Teppaz.

Banana, touffu, tout fou,
Iroquois,
Abdominaux, bien dans sa peau,
Bien dans ses sapes aussi,
Banané par les années,
Nettoyé, vachement avachi, calvitie.

Il sera bien temps de vous étendre en flash-back,
Quand sera passé le temps des tendres luna-parks.
Roulez, roulez jeunesse,
Banana…
Roulez, roulez jeunesse,
On devient vite un ex,
Banana.

> Paroles de Louis Chedid et Alain Souchon.
> Musique de Louis Chedid.
> © 1988 EMI Music Publishing France/
> BMG Rights Management (France) SARL/
> Éditions Louis Chedid.

Constance,
« J'ai des choses à dire, encore », 1990

Jeune adolescente élevée en Afrique, Constance doit quitter Abidjan avec sa famille qui regagne la France. Éprise d'un garçon qu'elle laisse au loin, elle décide de lui écrire des lettres d'une justesse poétique et amoureuse. Elle meurt de maladie à 17 ans à peine.

Le 7 octobre 1987

[...] Je reviens de la piscine et je dois ressortir pour faire un truc à l'école de musique. J'ai un travail monstre et je me suis encore foutue dedans pour cette interro de maths. C'était mieux que la fois précédente. On progresse *lentement*, très, mais sûrement, c'est l'essentiel. Espérons et ne pleurnichons pas. J'ai retrouvé avec un plaisir immense l'eau chlorée de la piscine... À chaque fois que j'entends mon souffle sous l'eau, expirant au rythme de la nage, à chaque fois que je brasse l'eau douce de mes mains, que je sens les bulles me chatouiller le ventre, que je goûte, que je respire l'eau, je revois ces séances à la piscine de Mermoz. Ce bruissement de l'onde sans nage, les bouillons, la fraîcheur, la fluidité jouissive..., c'est tout à la fois ; mes amours « aqueuses » ou plutôt aquatiques, et la piscine en pleine verdure où nous nous sommes aimés. [...] Pénétrer dans l'eau de la piscine de Moulins me fait rentrer dans tous mes souvenirs et je nage, je nage, je nage sans fatigue en pensant à tout cela en même temps... et à TOI, à TOI. Te posséder dans l'eau est un plaisir intense, pénétrer ton être m'est rendu plus facile dans l'eau, c'est une sorte de catalyseur, de purificateur de tous les à-côtés de l'existence, délavée des soucis, lavée des regrets, je peux t'aimer brut, aussi puissamment que la nature me le permet. […]

À tout à l'heure. J'ai des choses à dire, encore. J'ai relu, et je trouve que je m'exprime mal. Mes phrases sont mal tournées. J'espère qu'un jour je pourrai reprendre tout ceci et réécrire plus correctement. Trouver le temps, toujours le temps pour faire quoi que ce soit. Je suis toujours désespérément à la recherche de MINUTES. […]

Envoie-moi tout ce que tu veux, je serai comblée. La photo de dos avec le maillot rose, c'est Adeline qui l'a prise. Elle n'a rien d'exceptionnel. En fait, j'aimerais beaucoup être photographiée pour t'envoyer le résultat. À chaque fois que je suis prise en photo, c'est une véritable catastrophe, ça me chagrine parce que je sais que, dans la glace, je ne suis pas désagréable à regarder. Je désirerais vraiment prêter ma figure à un bon photographe pour qu'il réussisse rien qu'une photo, une belle, afin de pouvoir te la donner. Une photo unique comme celle où je suis en petite Berbère, juste pour fixer le temps et pour me dire, surtout pour TE dire qu'à 18 ans j'étais assez jolie à regarder.

En ce qui concerne l'autre imbécile, une lettre de toi m'aurait retenue, sûrement. Ça me faisait plaisir d'être caressée, avec, pour charmer mes oreilles, les plaintes de Chopin, ça me faisait plaisir, c'est tout. C'était sensuel, exclusivement. Comme on croque dans un fruit.

D'ailleurs j'étais particulièrement surprise par mon comportement car c'était la première fois que quelqu'un me touchait en « public »… si j'ose dire. Nous étions tous les cousins sous la couette, avec la musique, on riait, on glandait, on s'amusait. Voilà. Je peux t'assurer que je pensais à toi, à vivre un moment aussi heureux avec toi. Alors comme je repousse la « tristesse pour la tristesse », comme j'estime qu'il faut savoir « cueillir le plaisir quand il se présente », j'ai fait comme Épicure, « *carpe diem* », j'ai profité de l'instant pour jouir des minutes que Dieu me donne chaque jour. Avec Daniel, c'est nettement mieux, mais sans Daniel, puisque j'en avais envie, puisque c'était une occasion, puisque ça faisait longtemps que Charles me plaisait, puisque nous avions fait du Hobie l'après-midi même et nous nous étions bien éclatés, puisqu'il faisait beau, puisqu'on aimait Chopin, puisqu'on était seuls, puisqu'il avait de beaux yeux bleus, puisqu'il était puceau (et encore, je me suis peut-être fait avoir), puisqu'il avait 20 ans le lendemain, puisque et puisque et puisque… et puisque !!! Profitons pendant que je ne suis pas mariée… et puisque j'étais heureuse de plaire encore et puisque j'aime bien les situations excitantes. Ah ! corrompre ! corrompre ! corrompre ! Souiller toute cette parfaite éducation ! Enfreindre la morale ! Marcher sur les plates-bandes interdites ! Ça m'excitait de dire au frère de celle qui est enfermée dans un couvent depuis huit ans (oui, sa sœur est « nonne ») qu'elle ne sait pas ce qu'elle a perdu !

Ce temps de merde qui passe sans m'attendre !!!

Constance, *Lettres*, Paris, Éditions Bernard Barrault, 1990, p. 236-238.
© Éditions Bernard Barrault.

Younès Amrani,
« Rien n'est fait pour nous… », 2003

Rencontrant un jeune des quartiers, le sociologue Stéphane Beaud l'encourage à réfléchir sur les blocages de la société qui l'ont empêché d'avoir un avenir. Et dans ce dialogue par la voie des courriels, Younès Amrani se reconstruit, dans la colère, dans la révolte, mais aussi la conquête de la culture et du sens.

Mardi 11 mars

Cher Stéphane,
Je vis en ce moment des choses douloureuses et difficiles à expliquer par écrit. Plus j'avance dans ma découverte de la sociologie et du fonctionnement de cette putain de société et plus je me dis que j'ai une vie de merde : désolé pour mon langage peu « châtié », mais je ne trouve pas d'autres mots. Par moments, j'aimerais être simple, normal, ne pas chercher à comprendre, ne pas vouloir m'en sortir et retomber dans l'insouciance de la vie de quartier (là au moins c'est une souffrance « collective »). Se rendre compte chaque jour qui passe du gâchis généré par toute mon histoire m'écœure. Heureusement qu'il existe des gens comme vous pour nous aider à mieux saisir notre vie, à y voir des « déterminismes » qui ont fait ce qu'on est. Je ne sais pas pourquoi je dis « on », peut-

être pour mettre de la distance par rapport à mon moi social ou me rassurer en pensant les choses globalement. Pourquoi c'est si dur ? Je n'ai jamais rien demandé à personne, je ne suis pas quelqu'un de « violent », d'« intolérant », alors pourquoi j'en suis là, dans une impasse. L'auto-socio-analyse que l'on fait ensemble est à la fois libératrice, génératrice d'espoir et pourvoyeuse d'instruments, d'armes pour comprendre... Mais elle est aussi terrible, réellement terrible... Je ne suis pas naïf, j'ai conscience que le poids de mon passé pèse encore sur moi et me donne peu de marge de manœuvre... Peut-être que j'en fais trop, que je devrais laisser les choses aller d'elles-mêmes... Mais c'est plus fort que moi... J'ai tellement réprimé au fond de moi dans le passé tout sentiment, toute remise en question, qu'aujourd'hui tout resurgit d'une façon dramatique. Vous voyez, Stéphane, je ne suis pas celui qu'on peut croire, ayant compris les mécanismes de construction sociale et qui s'en sert pour affronter l'avenir. Non, Stéphane, je suis comme tous les autres de mon quartier : amer... plein d'amertume... déçu par un quotidien que l'on n'a pas voulu... C'est vrai que j'ai déconné dans ma jeunesse, que je voulais être quelqu'un... Mais après toutes ces années, les illusions sont devenues mirages. Et les mirages se sont évaporés dans toute cette misère sociale, affective et familiale. J'aurais aimé que mon père ne soit jamais venu en France pour gagner quelques piécettes, j'aurais aimé avoir grandi dans les campagnes marocaines, dans le dénuement certes, mais aussi sans tous ces faux espoirs, ces appels qui sonnent faux, du style « quand on veut, on peut ». Pourquoi c'est si dur à gérer ? Samedi soir, je suis allé à Malpierre, un très bon ami vient de sortir de prison (après trois ans et demi), j'ai voulu le voir (on était au lycée ensemble et on a vécu pas mal de galères « inoubliables ») et pourtant on s'est dit très peu de choses... Nos rares moments de discussion étaient ponctués par de nombreux silences, d'interminables silences... Il a fumé (du shit) pendant tout le moment qu'on était ensemble. Après coup, je me suis interrogé sur le peu de chose qu'on avait à se dire... Je me suis dit que c'est normal, que ça fait longtemps qu'on s'est pas vus. Mais non, Stéphane, c'est simplement dû au fait qu'on a « compris », qu'il n'y a plus rien à dire, les jeux sont faits... Parler de quoi ? De la prison, de ma vie, du quartier, des filles... Il n'y a plus rien à ajouter... Le laboratoire expérimental de la société de ces vingt dernières années (merci, putains de socialistes !!) ferme et jette à la poubelle (ou en prison) ses cobayes malgré eux. Maintenant, on recommence.

« C'est le formidable espoir de ces jeunes filles de quartier qui osent dire non », ce type de phrase journalistique n'a plus de sens pour moi... Hier soir Mousse m'a dit : « Je crois que j'ai qu'une chose à faire, vivre dans le monde du silence. » Pendant toutes ces années, qu'est-ce qu'on a gagné ? Rien !... Et puis d'abord, je n'ai rien voulu gagner, je souhaitais simplement vivre comme tous les ados, tous les jeunes... sans plus. Oui, Stéphane, je suis pessimiste, et encore je ne le suis même pas car il y aura toujours des gens pour gober leurs conneries, pour croire à la réussite sociale, à l'ascension sociale... C'est possible, et après, qui est-ce qui reste sur le côté ? On s'en fiche et on se donne des allures de « citoyens motivé-e-s ».

Je pourrais écrire des heures et des heures, des pages et des pages... comme pour les entretiens en face à face... En fait, Stéphane, vous m'avez sauvé (je suis très très sérieux), mais à quel prix ? Tout ce qu'on fait m'apprend plus que n'importe quelle thérapie à la con, que n'importe quel reportage sur les banlieues, que n'importe quel film « engagé »... Mais une question ne cesse de me hanter...

et après ?... Je mènerai ma vie tranquille avec Sofia, des vacances au bled... On apprendra à Ismaël à parler en arabe, on lui fera boire du thé à la menthe pour qu'il connaisse sa « culture » d'origine, on ira manger le couscous de merde chez ma famille ou chez ma belle-famille... Pourquoi je devrais vivre ça ? Vous allez me dire qu'on fait ce qu'on veut de sa vie... et je continuerai de répondre NON, c'est faux... Je regrette mon intransigeance de mes années de jeunesse avec toutes ces certitudes de « complot » contre nous, contre les Arabes... Plus je m'ouvre et plus les contradictions me taraudent l'esprit, plus je m'ouvre et plus des sentiments que je ne connaissais pas m'habitent...

Bon Stéphane, je vais faire une petite pause et je reviens à l'assaut...

Je voudrais aussi que vous sachiez que j'apprécie énormément votre soutien, même s'il est limité à l'écriture et spatialement... mais vous n'êtes pas mon père, ni mon grand frère... J'aurais aimé être fils de profs, aller dans un lycée de bourges, fréquenter les salles de concert et les bars branchés, et voter socialiste ou Vert pour me donner bonne conscience... Mais non, je suis fils d'esclaves ayant grandi dans la merde, entourés de personnes sans espoir, ni volonté (ou plutôt possibilité) de réussir... je terminerai par cette affirmation : « Rien n'est fait pour nous... »

Younès

Stéphane Beaud, Younès Amrani, *« Pays de malheur ! »*
Un jeune de cité écrit à un sociologue, suivi de
Des lecteurs nous ont écrit, Paris, La Découverte,
2004, rééd. 2005, p. 125-127.
© Éditions La Découverte.

« Appel des Résistants aux jeunes générations », 8 mars 2004

À l'occasion de la commémoration du 60ᵉ anniversaire du programme du Conseil national de la Résistance, d'anciens résistants (Lucie Aubrac, Raymond Aubrac, Henri Bartoli, Daniel Cordier, Philippe Dechartre, Georges Guingouin, Stéphane Hessel, Maurice Kriegel-Valrimont, Lise London, Georges Séguy, Germaine Tillion, Jean-Pierre Vernant, Maurice Voutey) s'unissent pour adresser à la jeunesse un vibrant appel de solidarité et d'action.

Au moment où nous voyons remis en cause le socle des conquêtes sociales de la Libération, nous, vétérans des mouvements de Résistance et des Forces combattantes de la France Libre (1940-1945), appelons les jeunes générations à faire vivre et retransmettre l'héritage de la Résistance et ses idéaux toujours actuels de démocratie économique, sociale et culturelle.

Soixante ans plus tard, le nazisme est vaincu, grâce au sacrifice de nos frères et sœurs de la Résistance et des nations unies contre la barbarie fasciste. Mais cette menace n'a pas totalement disparu et notre colère contre l'injustice est toujours intacte.

Nous appelons, en conscience, à célébrer l'actualité de la Résistance, non pas au profit de causes partisanes ou instrumentalisées par un quelconque enjeu de pouvoir, mais pour proposer aux générations qui nous succéderont d'accomplir trois gestes humanistes et profondément politiques au sens vrai du terme, pour que la flamme de la Résistance ne s'éteigne jamais :

– **Nous appelons d'abord** les éducateurs, les mouvements sociaux, les collectivités publiques, les créateurs, les citoyens, les exploités, les humiliés, à célébrer ensemble l'anniversaire du programme du Conseil national de la Résistance (CNR) adopté dans la clandestinité le 15 mars 1944 : Sécurité sociale et retraites généralisées, contrôle des « féodalités économiques », droit à la culture et à l'éducation pour tous, presse délivrée de l'argent et de la corruption, lois sociales ouvrières et agricoles, etc. Comment peut-il manquer aujourd'hui de l'argent pour maintenir et prolonger ces conquêtes sociales, alors que la production de richesses a considérablement augmenté depuis la Libération, période où l'Europe était ruinée ? Les responsables politiques, économiques, intellectuels et l'ensemble de la société ne doivent pas démissionner, ni se laisser impressionner par l'actuelle dictature internationale des marchés financiers qui menace la paix et la démocratie.

– **Nous appelons ensuite** les mouvements, partis, associations, institutions et syndicats héritiers de la Résistance à dépasser les enjeux sectoriels, et à se consacrer en priorité aux causes politiques des injustices et des conflits sociaux, et non plus seulement à leurs conséquences, à définir ensemble un nouveau « Programme de Résistance » pour notre siècle, sachant que le fascisme se nourrit toujours du racisme, de l'intolérance et de la guerre, qui eux-mêmes se nourrissent des injustices sociales.

– **Nous appelons enfin** les enfants, les jeunes, les parents, les anciens et les grands-parents, les éducateurs, les autorités publiques, à une véritable insurrection pacifique contre les moyens de communication de masse qui ne proposent comme horizon pour notre jeunesse que la consommation marchande, le mépris des plus faibles et de la culture, l'amnésie généralisée et la compétition à outrance de tous contre tous. Nous n'acceptons pas que les principaux médias soient désormais contrôlés par des intérêts privés, contrairement au programme du Conseil national de la Résistance et aux ordonnances sur la presse de 1944.

Plus que jamais, à ceux et celles qui feront le siècle qui commence, nous voulons dire avec notre affection : « Créer, c'est résister. Résister, c'est créer. »

Delphine de Vigan,
« Elle vient d'avoir dix-huit ans », 2007

Écrivaine, Delphine de Vigan (née en 1966) est l'auteur de nombreux romans qui abordent des questions de société et touche un très large public, y compris parmi les plus jeunes. En 2015, elle obtient le prix Renaudot et le prix Goncourt des lycéens pour D'après une histoire vraie. *Dans* No et moi, *elle met en scène une jeune lycéenne, Lou Bertignac, la narratrice de son roman. Pour sujet d'un exposé, celle-ci choisit les SDF et va auprès d'eux. Son voyage la mène à No, une jeune fille à peine plus âgée qu'elle.*

Elle vient d'avoir dix-huit ans, elle a quitté à la fin du mois d'août un foyer d'urgence dans lequel elle a été accueillie pendant quelques mois, tant qu'elle était encore mineure, elle vit dans la rue mais elle n'aime pas qu'on le dise, il y a des mots qu'elle refuse d'entendre, je fais attention, car si elle se fâche elle ne dit plus rien, elle se mord la lèvre et regarde par terre. Elle n'aime pas les adultes, elle ne fait pas confiance. Elle boit de la bière, se ronge les ongles, traîne derrière elle une valise à roulettes qui contient toute sa vie, elle fume les cigarettes qu'on lui donne, du tabac roulé quand elle peut en acheter, ferme les yeux pour s'extraire du monde. Elle dort ici ou là, chez une copine qu'elle a rencontrée en pension et qui travaille au rayon charcuterie du Auchan de la Porte de Bagnolet, chez un contrôleur SNCF qui l'héberge de temps en temps, elle squatte à droite ou à gauche, au gré de ses rencontres, elle connaît un garçon qui a réussi à récupérer une tente Médecins du Monde et dort dehors, une fois ou deux il l'a recueillie, sans rien lui demander, elle m'a dit si tu passes rue de Charenton, en face du vingt-neuf, tu verras sa tente, c'est son coin. Quand elle ne sait pas où dormir, elle appelle le SAMU social pour trouver un centre d'accueil d'urgence, mais avant l'hiver c'est difficile car beaucoup sont fermés.

Au Relais d'Auvergne, nous avons notre table, un peu à l'écart, nos habitudes et nos silences. Elle boit un demi ou deux, je prends un coca, je connais par cœur les murs jaunis, leur peinture écaillée, les appliques de verre poli, les cadres et leurs images démodées, l'air agacé du serveur, je connais No, sa manière d'être assise, en déséquilibre, ses hésitations et sa pudeur, l'énergie qu'elle dépense pour avoir l'air normal.

On s'assoit l'une en face de l'autre, je vois la fatigue sur son visage, c'est comme un voile gris qui la recouvre, l'enveloppe, et peut-être la protège. Elle a fini par accepter que je prenne des notes. Au début, je n'osais pas poser de questions, mais maintenant je me lance et je relance, je demande quand, pourquoi, comment, elle ne se laisse pas toujours faire, mais parfois ça marche, elle raconte pour de vrai, les yeux baissés, les mains sous la table, parfois elle sourit. Elle raconte la peur, le froid, l'errance. La violence. Les allers-retours en métro sur la même ligne, pour tuer le temps, les heures passées dans des cafés devant une tasse vide, avec le serveur qui revient quatre fois pour savoir si *Mademoiselle désire autre chose*, les laveries automatiques parce qu'il y fait chaud et qu'on y est tranquille, les bibliothèques, surtout celle de Montparnasse, les centres d'accueil de jour, les gares, les jardins publics.

Elle raconte cette vie, sa vie, les heures passées à attendre, et la peur de la nuit.

Je la quitte le soir sans savoir où elle dort, la plupart du temps elle refuse de me répondre, parfois elle se lève précipitamment parce que c'est l'heure de la fermeture des portes, elle doit courir à l'autre bout de Paris pour prendre sa place dans une file d'attente, obtenir un numéro de rang ou de chambre, se doucher dans une salle d'eau dégueulassée par les autres et chercher son lit dans un dortoir dont les couvertures sont infestées de puces ou de poux. Parfois elle ignore où, parce qu'elle n'a pas réussi à joindre le SAMU social dont le numéro est presque toujours saturé, ou parce qu'ils n'ont plus de place. Je la laisse repartir, sa valise bringuebalant derrière elle, dans l'humidité des derniers soirs d'automne.

Parfois, je la laisse là, devant une chope vide, je me lève, je me rassois, je m'attarde, je cherche quelque chose qui pourrait la réconforter, je ne trouve pas de mots, je n'arrive pas à partir, elle baisse les yeux, elle ne dit rien.

Et notre silence est chargé de toute l'impuissance du monde, notre silence est comme un retour à l'origine des choses, à leur vérité.

Delphine de Vigan, *No et moi*, Paris,
Jean-Claude Lattès, 2007 ;
Le Livre de Poche, 2009, p. 58-61.
© Jean-Claude Lattès.

Pınar Selek,
« Il nous reste un demi-espoir », 2013

Sociologue et militante des droits humains, née à Istanbul en 1971, Pınar Selek fonde l'Atelier des artistes de rue en 1995, avant d'être arrêtée et condamnée par la justice turque pour un crime terroriste imaginaire. Plusieurs fois innocentée, elle subit l'acharnement de l'arbitraire judiciaire. Elle parvient à se réfugier en France. La Maison du Bosphore *est son premier roman, d'inspiration autobiographique.*

Un jour, Hasan rentra plus tôt. Vers midi, dans la canicule d'août.

Haydar était au salon, assis par terre, un petit cahier à la main ; il griffonnait tout en écoutant une cassette. Il se leva en voyant Hasan.

« Tu rentres bien tôt.

— Viens, je t'emmène.

— Où ça ? Il s'est passé quelque chose ?

— Non. On va se promener. Tu ne sors jamais… Tu es recherché ?

— Je dois me concentrer.

— Tu te concentreras plus tard. Si on ne met jamais le nez dehors, on ne peut pas réfléchir. On va faire un tour. Allez, fais-moi plaisir. »

Ils sortirent. Hasan ne lui dit pas où il l'emmenait. Mais Haydar posa une condition.

« On évite le centre. Taksim, Eminönü, Karaköy, Bakırköy, pas question ! »

À Bostancı, ils montèrent dans un minibus, passèrent du côté européen, prirent un autre minibus à Kumkapı et de là, marchèrent vers le bord de mer, à Yedikule.

« J'ai quelque chose à déposer... On ne restera pas longtemps. »

Haydar ne savait toujours pas où ils allaient.

Une jeune fille les accueillit. Des cheveux bouclés, couleur de miel, tombant jusqu'au bas de ses reins, des yeux malicieux...

« Je t'ai apporté la cassette dont je t'ai parlé, Sema.

— Ah... Merci beaucoup ! Tu as des nouvelles d'Elif ?

— Non. Rien...

— Tu ne m'as pas présenté ton ami. Il est musicien lui aussi ?

— On peut dire ça... Où est Djemal ?

— Il ne vient pas aujourd'hui. Il est parti pour la journée avec ses amis. »

Sema mit aussitôt dans le lecteur la cassette apportée par Hasan. La voix d'un chanteur russe résonna dans la pharmacie.

Haydar lut l'inscription en relief accrochée au mur dans un cadre en bois.

Il nous reste un demi-espoir.

Il regarda Sema :

« C'est beau. Qui l'a fait ?

— C'est un cadeau de Kemal. Il l'a commandé à Artin. Ils en ont fabriqué deux, avec Salih. Un pour ici et un pour la nouvelle camionnette de Kemal.

— Ils ont aussi fabriqué les doudouks que j'ai emportés en Arménie, explique Hasan. Ce sont des artisans hors pair.

— Djemal s'est fâché parce que nous avions oublié le nom du poète, précisa Sema. Regarde, il a écrit ici Metin Altıok au stylo. »

Haydar répéta le vers sur un ton qui le surprit lui-même :

« Il nous reste un demi-espoir. »

Ils devisèrent. Istanbul, Yedikule, les saisons, les herbes, les nouvelles de l'hôpital, l'augmentation des prix...

Les clients entraient, sortaient. Les verres de thé s'emplissaient, se vidaient. Haydar avait compris qu'ils étaient chez le père d'Elif. Sa photo était accrochée au mur, à côté de celle d'une femme qui lui ressemblait beaucoup... Sa mère, sans doute. Et dans un petit cadre, ce devait être la photo de Djemal. Il était inquiet, ils n'auraient pas dû venir. La même chanson passait en boucle. *Où sont nos enfants insoumis ?*

Des enfants insoumis. Qu'y avait-il d'autre que cette insoumission ? Qu'est-ce qui l'avait amené ici ? Il savait que ni Elif ni cet endroit n'étaient surveillés par la police. Mais tout de même... Haydar était incapable de bouger.

Un demi-espoir ?

Pınar Selek, *La Maison du Bosphore*,
traduit du turc par Sibel Kerem, Paris,
Liana Levi, 2013, p. 193-195.
© Liana Levi.

Marie NDiaye,
Ladivine, 2013

Écrivaine française révélée en 1985, alors qu'elle était lycéenne à Sceaux, par Quant au riche avenir, *Marie NDiaye a reçu le prix Goncourt en 2009 pour* Trois femmes puissantes. *Dans le roman qui succède,* Ladivine, *elle dépeint une quête de liberté et compose des pages magnifiques sur son héroïne, la jeune Clarisse.*

Elle quitta la brasserie et, du coup, sa petite chambre près de la gare et trouva un emploi dans un café du centre-ville ainsi qu'un deux-pièces à Floirac. Elle n'avait pu imaginer rester plus longtemps à la brasserie où la patronne, bien qu'elle n'en eût pas reparlé, avait vu qui était sa mère. Mais il importait par-dessus tout que la servante n'eût aucune idée du lieu où elle travaillait, de l'adresse où elle dormait, de la même façon qu'elle ignorait que Malinka s'appelait maintenant Clarisse et que cette fille ravissante, cette Clarisse au corps souple moulé dans la jupe noire et l'étroit corsage blanc de son service, cette fille éclatante et maquillée, toujours un peu pantelante comme si elle venait de courir, dans la rue rasait les murs et se retournait fréquemment, maniaquement, pour vérifier que sa mère ne marchait pas derrière elle.

Il lui semblait si étonnant que rien ne fût visible.

Elle approchait son visage tout près du miroir et ne pouvait s'empêcher de sourire. C'était donc ce qu'il voyait quand elle se penchait tout près de lui pour reprendre le menu ou poser les couverts sur la table, ces traits un peu figés sous le fond de teint, ces lèvres rouges redessinées par le crayon, et rien d'autre certainement puisque elle-même ne voyait rien. Et elle savait que c'était là le visage d'une fille amoureuse et lui ne le savait pas.

Comment aurait-il pu voir quelque chose ?

Elle souriait, éperdue de fierté.

Ou s'il le savait, s'il l'avait deviné ?

Et si, à cet instant même, il approchait son visage d'un miroir semblable, dans l'endroit mystérieux où il vivait, pour contempler ses traits de garçon amoureux, souriant comme elle souriait, avec ravissement, et se demandant si elle avait vu quelque chose ?

Et si, à cet instant même, il l'imaginait, elle, souriant à son reflet, à la fois étonnée et s'enorgueillissant de ce qu'elle était devenue, une fille amoureuse, comme si son état d'avant, quand elle n'aimait personne et ne pensait pas à l'amour, était une maladie dont elle avait réussi à guérir par la seule force de sa merveilleuse vitalité ?

Car c'était bien plutôt cela, être malade, n'aimer, d'un amour coléreux, épuisant et coupable que sa mère, tandis que son amour pour le garçon était ardent mais heureux, gazeux, léger.

Il lui semblait presque que son cœur, tout pesant de sa faute, se délestait déjà. Était-ce donc aussi une bonne action que d'être une fille amoureuse ? Pourrait-elle tant soit peu racheter sa cruauté vis-à-vis de la servante par son amour scintillant pour un garçon aux yeux honnêtes, au front haut et frémissant ?

Ce garçon était un cheval altier, un cheval doux. D'imperceptibles frissons couraient sur la peau légèrement humide de ses joues, elle l'avait vu, quand il l'appelait pour passer sa commande.

Oh non (elle souriait malgré elle), elle retirait trop de plaisir d'être amoureuse pour que ce fût une bonne action.

Elle pouvait voir dans le miroir s'assombrir ses yeux et se plisser son front comme chaque fois qu'elle pensait à la douleur de la servante, et cependant ses lèvres continuaient de sourire, ses belles lèvres peintes d'un rouge violent de fille presque heureuse.

Elle sortit dans la rue tiède, vacillant un peu sur les hauts talons qu'elle portait maintenant et qui lui faisaient la jambe si longue, si fine, si gracieuse, convenait-elle troublée, qu'elle en était interloquée quand elle surprenait son reflet dans une vitrine.

Cette fille parfaitement belle portait le prénom parfait de Clarisse et par un merveilleux hasard elle était cette fille-là, cette Clarisse dont on ne pouvait rien deviner ni de la vie d'avant ni de l'ancien prénom car elle offrait au monde, si belle, si lisse, l'image même de l'harmonie et de l'unité. Quelle chance elle avait d'être cette fille !

Elle prit le bus, marcha encore jusqu'au café, dans le centre hautain et minéral de la ville où les façades étaient moins noires, et moins étroits, moins encombrés de poubelles les trottoirs pavés.

Le Rainbow avait de très grandes vitres étincelantes à travers lesquelles les hommes depuis la rue voyaient cette Clarisse arpenter la salle sur ses hauts talons, un peu chancelante mais bien droite, et elle se retournait souvent vers la vitre et souriait aux regards qui lui confirmaient, à son étonnement chaque fois renouvelé, que c'était bien elle, la fille parfaite qu'on ne pouvait s'empêcher d'admirer en passant.

Peut-être, songeait-elle, le garçon dont elle était amoureuse était-il entré dans le café, la première fois, parce qu'il l'avait aperçue de la rue, peut-être s'était-il épris d'elle à la simple vue de cette fille dont Clarisse espérait qu'elle évoquait la proportion, la netteté, l'équanimité. Comme elle aimerait qu'il lui avouât cela, qu'il était tombé amoureux de sa limpidité !

Vers midi, elle se mit à l'attendre, sans crainte, sachant qu'il viendrait.

Quand il entra, il osa la regarder droit dans les yeux, ce qu'il n'avait encore jamais fait, et elle lui rendit un regard aussi franc, aussi direct, car tout réflexe de minauderie, de coup d'œil en biais coulé à travers les cils baissés, l'avait quittée depuis qu'elle aimait ce garçon.

Marie NDiaye, *Ladivine*, Paris, Gallimard, coll. « Blanche », 2013, p. 57-60.
© Éditions Gallimard.

Barack Obama,
« Une situation révoltante », 2014

Le 27 février 2014, dans un discours sur l'éducation et les inégalités, le président américain Barack Obama, premier Noir à accéder à la magistrature suprême en 2008 (à l'âge de 47 ans), compare la situation des jeunes issus des minorités à sa propre réussite. La seule différence, explique-t-il, est que « j'ai grandi dans un environnement qui pardonnait davantage […]. J'ai fait de mauvais choix. Je me suis drogué sans penser au mal que cela pouvait faire. Je n'ai pas toujours pris l'école au sérieux. Je me suis trouvé des excuses. » Déclarant que le sort des jeunes des minorités est un « dossier d'importance nationale », il appelle la nation à croire dans la jeunesse. Et la jeunesse, à croire en elle : « Il faudra rejeter le cynisme qui dit que les circonstances de votre naissance ou les injustices persistantes de la société vous définissent, vous et votre avenir. » Pour autant, ces déterminismes sociaux sont puissants. Et révoltants.

Ma famille n'a jamais cessé de croire en moi. Et donc, je n'ai jamais arrêté de croire en moi. […]

Les faits sont têtus : les chances moyennes de réussir d'un Noir ou d'un Hispanique dans ce pays sont plus faibles (que celles des Blancs) et c'est pire pour les garçons et les jeunes filles. Si vous êtes noirs, vous avez une chance sur deux de grandir sans père. Si vous êtes hispanique, c'est une sur quatre. Et nous savons que les jeunes hommes grandissant sans père ont davantage de risques d'être pauvres et de ne pas réussir à l'école. […] Le pire dans tout cela est que nous devenons insensibles à ces statistiques. Elles ne nous surprennent pas. Nous pensons qu'elles sont normales. Nous pensons que c'est une composante inévitable de la vie aux États-Unis alors que c'est une situation révoltante.

> Barack Obama, Discours à la Maison-Blanche,
> cité par *Les Échos*, 28 février 2014.

Ta-Nehisi Coates,
« Lettre à mon fils », 2016

Écrivain et journaliste américain, né en 1975, Ta-Nehisi Coates réalise plusieurs reportages sur les violences raciales aux États-Unis avant de publier en 2008 son autobiographie d'un jeune Noir de Baltimore, fils d'un ancien militant des Black Panthers, vivant la violence et l'impuissance de l'école, mais résolu à se battre. En 2015, il écrit Une colère noire, *une longue lettre de révolte adressée à son fils devant le racisme toujours dominant aux États-Unis, visant particulièrement les jeunes Noirs. L'ouvrage a suscité un débat de société qui a dépassé les frontières américaines.*

Ça doit te paraître étrange. Nous vivons à une époque obsédée par les « objectifs ». Notre vocabulaire médiatique est plein de scoops, de grandes idées, de grandes théories sur tous les sujets. Mais j'ai rejeté il y a déjà longtemps toute forme de pensée magique. Ce rejet, c'est le cadeau que m'ont fait tes grands-parents, eux qui ne m'ont jamais consolé avec l'idée d'un quelconque au-delà et doutaient de la gloire prédestinée de l'Amérique. En acceptant à la fois le chaos de l'histoire et l'idée de ma finitude, j'ai pu me demander librement comment je souhaitais vivre – plus exactement, je me suis demandé comment il était possible de vivre libre dans ce corps noir. C'est une question profonde, parce que l'Amérique se perçoit comme l'œuvre de Dieu, mais le corps noir est la preuve manifeste qu'elle n'est que la création de l'homme. Cette question a hanté toutes mes lectures, tous mes écrits, la musique que j'écoutais quand j'étais jeune, les discussions enflammées que j'avais avec ton grand-père, avec ta mère, ta tante Janai, ton oncle Ben. J'ai cherché des réponses à cette question dans le mythe nationaliste, dans des salles de classe, dans la rue et sur d'autres continents. On ne peut pas répondre à cette question, ce qui ne signifie pas qu'elle soit futile. Cette interrogation permanente, cette confrontation à la brutalité de mon pays m'a donné la plus grande récompense : me libérer des fantômes et me préparer à affronter la terreur pure de la désincarnation, de la perte de mon corps.

Et j'ai peur. Cette peur augmente à chaque fois que tu me quittes. Mais j'ai découvert cette peur bien avant ta naissance. Quand j'avais ton âge, toutes les personnes que je connaissais étaient noires, et toutes vivaient dans cette peur, violemment, obstinément, dangereusement. J'ai été témoin de cette peur tout au long de mon enfance, même si je ne l'ai pas toujours identifiée comme telle.

Elle était toujours là, sous mes yeux. La peur était visible parmi les grandes gueules de mon quartier, ces gamins avec leurs grosses bagues et leurs grosses médailles, leurs énormes blousons et leurs longues vestes en cuir à col de fourrure, qui leur servaient d'armure face au monde. Je les voyais au coin des avenues chaudes de Baltimore – Gwynn Oak et Liberty, ou Cold Spring et Park Heights, ou devant le Mondawmin Mall –, les mains enfouies dans leur sweat-shirt Russell. Quand je repense à ces gamins, tout ce que je vois c'est de la peur ; je les vois se préparer au combat contre les fantômes de ce passé tragique au cours duquel les bandes du Mississippi encerclaient leurs propres grands-pères et allumaient les branches du corps noir comme des torches, avant de les arracher. Cette peur survivait dans leur déhanchement travaillé, leurs jeans tombants, leurs immenses T-shirts, l'angle calculé de leur casquette de base-ball, tout un catalogue de comportements et d'attitudes vestimentaires accumulé pour donner l'impression qu'ils étaient des rois, en pleine possession de tous les objets de leurs désirs.

Je voyais cette peur dans leurs rituels de combat.

Ta-Nehisi Coates, *Une colère noire. Lettre à mon fils*, traduit de l'anglais (États-Unis) par Thomas Chaumont, Paris, Autrement, 2016, p. 29-32.
© Éditions Autrement.

Louane Emera,
« Jeune (j'ai envie) », 2015

Actrice et chanteuse française de 19 ans, Louane (Anne Peichert) est révélée dans l'émission The Voice *en 2013. L'année suivante, elle interprète le rôle principal dans le long-métrage* La Famille Bélier. *Alors qu'elle vient de perdre ses deux parents, elle recueille l'affection unanime du public.*

J'aimerais en suivant le soleil
Avoir le vertige
Perdre le sommeil
Je voudrais, au plus près des falaises
Sentir le danger
Et que ça me plaise

Encore
Encore

On devrait se lancer dans les rêves
Au dernier moment
Quand le jour se lève
Comme on fait
Au-devant des tempêtes
Sauver ce qui vient
Que le temps s'arrête

Encore
Encore

J'ai envie
J'ai envie
Que ça dure longtemps
Que ça dure toujours
Que ça dure longtemps
Que ça dure toujours

Tu voudrais
Quand les nuits sont rapides
Avoir le frisson
Et la peur du vide
À jamais on verra dans nos yeux
Monter le désir
Le souffle et le feu

On est si
Jeune, jeune, jeune
Comme un cri
Jeune, jeune, jeune, jeune

On est si
Jeune, jeune, jeune
Comme je l'suis
Jeune, jeune, jeune, jeune

J'ai envie
J'ai envie

Que ça dure longtemps
Que ça dure toujours

Que ça dure longtemps
Que ça dure toujours

J'ai envie
J'ai envie
Que ça dure longtemps
Que ça dure toujours

Patxi Garat et Dan Edward Black, *Jeune*.
© 2015 Daktari Éditions/BMG Rights LTD.

Sarah Roubato
« Ma liberté », 2015

Québécoise aimant Paris, trentenaire « pisteuse de paroles et d'histoire », auteure de Chroniques de terrasse, *Sarah Roubato a publié au lendemain des attentats du 13 novembre, sur le site Mediapart, une « lettre à sa génération » pour l'inciter à aller « bien plus loin » et repenser sa liberté.*

Ma liberté sera celle de prendre le temps quand j'en ai envie, d'avoir un travail qui ne me permet pas de savoir à quoi ressemblera ma journée.

Ma liberté, c'est de savoir que lorsque je voyage dans un pays étranger je ne suis pas en train de le défigurer un peu plus. C'est vivre quelque part où le ciel a encore ses étoiles la nuit. C'est flâner dans ma ville au hasard des rues.

Ma liberté, ce sera de savoir jouir et d'être plein, tout le contraire des plaisirs de la consommation qui créent un manque et le besoin de toujours plus. Ma liberté, ce sera d'avoir essayé de m'occuper de la beauté du monde. « Pour que l'on puisse écrire à la fin de la fête que quelque chose a changé pendant que nous passions » (Claude Lemesle).

Ma fête ne se trouve pas dans l'industrie du spectacle. Ma fête c'est quand j'encourage les petites salles de concert, quand je mets un billet dans le chapeau du musicien qui joue pour rien, quand je vais dans les petits théâtres de campagne construits dans une grange et les associations culturelles. Passer une journée avec un vieux qui vit tout seul, c'est une fête. Offrir un samedi de babysitting gratuit à une mère qui galère toute seule avec ses enfants, c'est une fête. Organiser des rencontres entre familles des quartiers défavorisés et familles plus aisées, c'est une fête.

La fête c'est ce qui sort du quotidien. Et si mon quotidien est de la consommation bruyante et lumineuse, chaque fois que je cultiverai une parole sans écran et une activité dont le but n'est pas de consommer, je serai dans la fête.

Voilà. Je ne sais pas si on se croisera sur les mêmes terrasses ni dans les mêmes fêtes. Mais je voulais juste te dire que tu as le droit de te construire sur une autre image que celle que les médias te renvoient. Bien sûr qu'il faut continuer à aller en terrasse, mais qu'on ne prenne pas ce geste pour autre chose qu'une résistance symbolique qui n'aura que l'effet de nous rassurer, et sûrement pas d'impressionner les djihadistes (apparemment ils n'ont pas été très impressionnés par la marche du 11 janvier), et encore moins d'arrêter ceux qui sont en train de naître.

Ce qu'on est en train de vivre mérite que chacun se pose un instant à la terrasse de lui-même, et lève la tête pour regarder la société où il vit. Et qui sait... peut-être qu'un peu plus loin, dans un lambeau de ciel blanc accroché aux immeubles, il apercevra la société qu'il espère.

Sarah Roubato, *Lettres à ma génération*,
Paris, Michel Lafon, 2016.
© Éditions Michel Lafon.

Jeunes de Chanteloup-les-Vignes, « Lettre à Marianne », avril 2016

Après avoir écrit pour les Lettres à la France, *un groupe des Jeunes de Chanteloup-les-Vignes reprend les chemins de l'écriture, en exclusivité pour le Livre de Poche.* La « Lettre à Marianne » *démontre toute la créativité littéraire et l'engagement dans la construction du futur d'une jeunesse bien vivante, prête à toutes les aventures civiques et démocratiques.*

Chère Marianne,

J'ai quelques mots à te dire,
Car tant de maux nous déchirent
Je te reconnais sans te connaître
Tu es la grande sœur qui m'a vu naître
Et si je te considère avec respect
Je ne sais pas trop comment te parler.
Hier, mon regard était plein de candeur,
Ton image m'inspirait plus de paix que de peur
Mais aujourd'hui, j'ai grandi et c'est attristé
Que je vois ta robe entachée
De couleurs qui ont du mal à s'effacer :
Bleu marine, rouge sang et blanc cassé.
Nous vivons une époque pleine de rage
Notre avenir est-il un but ou un mirage ?

Notre génération est une machine à réussir
Mais personne ne sait comment s'en servir.
Regarde ce jeune devant son écran
Penses-tu qu'il aura assez de cran
Pour bâtir un monde meilleur,
Pour combattre l'ignorance et la peur ?
Je veux penser que tout est possible
Que nous partageons nos flèches et nos cibles
Marianne, si je t'écris cette lettre
C'est que je suis plus qu'un X ou un Y.
Au-delà des likes, des hashtag ou des selfies
Je désire à tout prix ; parfois même je prie…
Je cherche un sens à mon existence
Dis-moi que tu me renouvelles ta confiance
Je mets en pratique et revendique tes valeurs,
Chaque jour, quelle que soit ma couleur.

© Ville de Chanteloup-les-Vignes.

Table

L'idéal et le réel. Introduction	7
Socrate, « Discours sur les jeunes »	21
Louise Labé, « Épître dédicatoire à Clémence de Bourges », 1555	24
Pierre de Ronsard, « La jeunesse », 1587	28
Condorcet, « Quand tu liras ces lignes », 1794	29
Victor Hugo, « Mes lettres d'amour, de vertu, de jeunesse », 1830	33
Baudelaire, « Ceux qui ont abusé de leurs droits », 1833	35
Charles Dickens, *Les Grandes Espérances*, 1861	37
Gustave Flaubert, « Lettre à Caroline », 1863	41
Arthur Rimbaud, « Quand on a dix-sept ans », 1870	44
Émile Zola, « Lettre à la jeunesse », 14 novembre 1897	46
Rainer Maria Rilke, « Quelque chose qui vous est propre veut des mots », 1903	52
Jean Jaurès, « Discours à la jeunesse », lycée d'Albi, 30 juillet 1903	57

Charles Péguy, *Notre jeunesse*, 1910 62
Robert Audoin, « Un rayon de jeunesse
et de vie », 1914 64
Marcel Proust, « Elles avaient toutes
de la beauté », 1919 67
Clara Malraux, « Vous n'avez jamais été
dans un bal musette ? », 1922 71
Simone Weil, « J'ai fait amitié avec les gens
du pays », 1929 74
Zabel Essayan, « Aller en Europe », 1935 76
Maréchal Pétain, « Message à la jeunesse
de France », 29 décembre 1940 79
La Rose blanche, « Nous nous dressons contre
l'asservissement de l'Europe », 1943 83
Paul Mathou, « Ne vivez pas avec le passé,
voyez l'avenir », 1944 86
Nazim Hikmet, « Don Quichotte », 1947 90
Boris Vian, *Le Déserteur*, 1955 92
Pierre Mendès France, « Message à la jeunesse »,
22 décembre 1955 95
Charles Aznavour, « Sa jeunesse…
entre ses mains », Album Bravos
du music-hall, 1957 99
Simone de Beauvoir, « J'entrai dans un monde
dont la nouveauté m'étourdit », 1958 102
Benoîte Groult, *Journal à quatre mains*, 1962 108
Pablo Neruda, « Premiers voyages », 1964 111
ARCUN, « Ce que n'est pas une vie normale »,
1968 113
Louis Chedid et Alain Souchon, « Roulez,
roulez jeunesse », 1988 115
Constance, « J'ai des choses à dire, encore »,
1990 117

Younès Amrani, « Rien n'est fait pour nous… », 2003	120
« Appel des Résistants aux jeunes générations », 8 mars 2004	124
Delphine de Vigan, « Elle vient d'avoir dix-huit ans », 2007	127
Pınar Selek, « Il nous reste un demi-espoir », 2013	130
Marie NDiaye, *Ladivine*, 2013	133
Barack Obama, « Une situation révoltante », 2014	137
Ta-Nehisi Coates, « Lettres à mon fils », 2016	139
Louane Emera, « Jeune (j'ai envie) », 2015	142
Sarah Roubato, « Ma liberté », 2015	145
Jeunes de Chanteloup-les-Vignes, « Lettre à Marianne », 2016	147

PAPIER À BASE DE FIBRES CERTIFIÉES

Le Livre de Poche s'engage pour l'environnement en réduisant l'empreinte carbone de ses livres. Celle de cet exemplaire est de :
210 g éq. CO_2
Rendez-vous sur
www.livredepoche-durable.fr

Composition réalisée par NORD COMPO

Achevé d'imprimer en juin 2016 en Espagne par
Blackprint
Dépôt légal 1re publication : juin 2016
LIBRAIRIE GÉNÉRALE FRANÇAISE
31, rue de Fleurus – 75278 Paris Cedex 06

79/4339/3